U0055055

與你散步
落花林中

傅詩予　著

一本以親情為題的新詩集，
詳細紀錄為人母、人妻及人女的點點滴滴。

僅以此書獻給我的父母

傅維新先生
廖雪美女士

做為他們結婚五十一週年紀念日賀禮

兼贈我的公婆

高蘭貴先生
鍾瑞蘭女士

傅詩予的詩集《與你散步落花林中》

古繼堂

（一）

　　讀傅詩予小姐的詩，如傾聽淙淙的溪流；如觀賞夜空閃爍的星；如沐浴情侶的竊竊私語；如置身纏綿悱惻的夢境。沒有波濤，沒有風暴，沒有電閃雷鳴。

　　傅詩予小姐的生活環境是：白天丈夫上班，兒女雙雙上大學。大半時間，她幾乎是獨處於一個人的世界，又生活於異國他鄉，社會接觸面非常有限。這種狀況對一個詩人、作家的創作是十分不利的。但是她以勤奮和深思，努力挖掘和開發身邊的創作資源，通過反復熔鑄和提煉，深化主題，詩化人生，創作出了許多好詩，以主觀努力彌補了客觀存在之不足。我們讀她的詩，仿佛闖進一個果林，濃蔭覆蓋下果實纍纍；仿佛遇到一個樂隊，悠揚的歌曲傾訴著人間深情。

生活是多面的，世界是複雜的，感情是豐富的，記錄和反映它們的詩歌藝術，自然不應該是單調的。痛苦中隱伏快樂，歡樂中潛在著痛苦，有時候一種事物又是多種情緒的多胞胎。詩人面對它，挖掘它，詩化它，就是好詩。

　　日記從此用留白寫滿原諒與爭執
　　曾經豐盈而今乾癟的流年
　　將我們的縷縷白髮夾入日記
　　試圖成為箋注　在失憶的亡命之旅中
　　擊出電光石火的瞬間

　　就這樣風猛翻著日記
　　臉上刻滿如斷掌般的宿命
　　你我相剋且相依了一生

——〈輯二：日記〉

　　錯綜的世界，變調的人生，參差的日月，變化的情感，這是事物的豐富性、豐盈性、可變性，在藝術中的反映、幻化和再視。詩中有了這些東西，才能有豐富的內涵，才能有言外之音，才能有爆發的空間，才能有裂變的余地，才能有厚實的感覺。詩不怕矛盾，就怕沒有矛盾。有了矛盾，詩人又善于組織

和駕馭矛盾，寫出的詩才有嚼頭。傅詩予這裡描述的「原諒與爭執」、「相剋且相依」便是充滿矛盾，而又非常辯證的人生經驗的精煉概括，既是充滿哲理的詩，又是具有生活實感的敘述。

（二）

傅詩予的詩的最精彩部分，是那些親情之作，不僅相當感人，而且讓你過目不忘；不僅佳作多多，而且佳句連連。進入這種詩境，有如劉佬佬進大觀園，無處不稀奇，無處不新鮮，感覺器官被連連撞擊。請看《孕事》：

> 花苞躲在母親的枝椏裡等待綻放
> 小雞躺在母親包裹的殼裡等待破裂
> 魚母親藏在珊瑚礁間的卵也正待成熟
> 你巧巧附上我的子宮
> 不覺一釐米一釐米的張開
>
> 自從有了你　我慵懶如貓
> 時常黃昏和黎明顛倒的數過
> 勾勒你的眼嘴耳鼻
> 拿捏你的手足形狀
> 我時常凝望你的父親也望著自己

一張紙一張紙重複組合

每個恍惚的剎那都好像看見你

泅過前生的岸來結這段母子緣

等你圓潤等你敲響出生的時辰

啊　我已然深愛著未出世的你

從不曾畏懼陣痛的撕裂

夜夜在夢裡微笑

———〈輯一：孕事〉

這是一首絕佳的生命進行曲，表現了父母對子女無以復加的愛。從懷孕起，母親就不分晝夜的勾勒孩子的五官，拿捏孩子的形狀，父親一張紙一張紙地進行反復組合。他們分分秒秒、寸寸分分地護衛著孩子泅過生前之河到達彼岸。為了這一刻，母親不畏撕裂之痛，且夜夜夢裡微笑。世界上還有甚麼比母親更偉大、更無私、更執著、更親切的呢？看了這些詩句，我在想，即使我們把所有的愛都獻給母親，即使把她賦予我們的生命歸還母親，為她而死，一點也不為過。然而不僅如此，在你出生之後，母親又是怎樣含辛茹苦扶養你的呢？傅詩予在《所謂母親》中告訴你：

我用青春織成錦被

夜夜呵暖你們冷冷小腳

與你散步落花林中

我願是一枚書籤

夾在你們生命的扉頁中

陪你們根深苗壯

我會夜夜哼著催眠曲

拍撫熟睡之後

偶爾的顫動

而只有你們沉沉的鼾聲

是疲憊的母親

入睡的許可證

所謂母親　也曾靈秀脫俗

所謂母親　也曾不讓鬚眉

這些這些都不再比你們重要

你們的笑容是勞眠的母親

入睡的搖籃

——〈輯一：所謂母親〉

　　世界上寫母親的詩千千萬萬，但好詩總具有自己的特色。
即使同題的詩再多，也不會有重複的感覺。一般的詩，過目就
忘記了，而好詩是過目入心，入心而札根。用青春織成錦被，
呵暖孩子冷冷小腳；孩子的鼾聲是媽媽入睡的許可證，孩子的
笑容是媽媽入睡的搖籃。這些凝結著痛苦和歡樂，凝結著青春

和熱血，凝結著煎熬和期盼的詩句，具有極強的滲透力和感染力，它不是水，濕了再乾而不留痕跡。它是優質顏料，滲入心靈和意識之中，永不褪色。臺灣詩人向明有一首寫母親的詩，也很別緻，他將兒女比作盜賊，不知不覺中盜走母親的青春和容顏，讀起來很感人。傅詩予的母親詩與向明的母親詩一正一反，殊途同歸，都是佳作。傅詩予的母親詩，因為是親身經歷，親身體驗，親身感受，是自我經驗之詩化，讓人感到多了一層不能代替、不能移植的感覺。據說在加拿大的華人中，有遺棄父母的人，這種人實是中華兒女之中的敗類。傅詩予的詩，對他們來說應該是最好的教科書、最好的警鐘，最好的拯救靈魂之藥。

親情是一體兩面的，一方面是自己對兒女無私的愛和奉獻，另一方面是享受父母愛的灌溉和給予。《母親的裁縫車》中，塑造了一位母親偉大的形像：

　　母親的裁縫車為愛滾邊
　　兩腳踩啊踩地為愛添薪
　　一頭烏亮黑髮甩在背後
　　她正為我的鵝黃洋裝鑲鈕釦
　　好讓我抓住所有的鏡頭

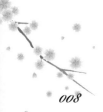

母親的裁縫車要剪裁藍天

她要為我的牛仔褲貼上彩雲

好讓我驕傲地跨步

弓背一生　滿頭白髮攏成的圓髻

她正為我的鄉愁密密縈縈地繡上消息

——〈輯三：母親的裁縫車〉

　　這是一位平凡中顯偉大、勞累中顯堅韌、無語中顯非凡、簡樸中顯豐盈的母親。母親形像的塑造方式正好是傅詩予詩的運作方式和風格的體現。這首詩從某種意義上講，是傅詩予通過詩的結構和內涵的交相運作，來深化和加濃詩作的思想、詩意和新奇感的有效手段。諸如「為愛滾邊」、「為愛添薪」、「剪裁藍天」、「貼上彩雲」、「繡上消息」等，這些詩句中每一個賓語，都是與動詞相錯置的。「愛」怎麼滾邊？怎麼添薪？「藍天」怎麼剪裁？「消息」又怎刺繡？然而這些夢語囈話用在此處，卻是很美的詩。因為這種錯置的組合，正好爆發出詩意，正好引人思索，正好是詩人為讀者留下的思考空間。它是不科學的，但卻是充滿詩意的。如此表達比寫上實物的名字要高明的多。如此一變，濃烈的詩意便撲面而至。使詩擺脫了低俗化和表面化，讓人耳目一新。

（三）

　　傅詩予的詩，有著多方面的嘗試和追求：

　　1.深化詩的主題和意境。詩不像散文和小說，通過不慌不忙、不快不慢的敘述，來表達人物和主題。詩，尤其是抒情詩，是一種特別精純而又耐人尋味的藝術。有人說詩有二意，不精而自精。它要求詩人精妙的構思，將豐富而深邃的內涵埋藏於簡短的語境中，言此而達彼，說張而到李，讓人反覆嘴嚼也難以嚼完其中的含意。傅詩予的《滑梯》，就具有這樣的質素：

　　　　滑梯是童年的入口

　　　　　透過各種形體

　　　　　　來招呼你

　　　　　　　溜進時間的深井

　　　　　　　　滑入夢想的深宮

　　　　　　　　　梯底下鞋履著地後

　　　　　　　　　一蹬起來

　　　　你又跑回起點

　　　　不厭其煩地撫過

　　　　山的肩膀

　　　　雲的彩衣

　　　　　　　　　　　　　——〈輯一：滑梯〉

與你散步落花林中

這首詩開篇不凡。「滑梯是童年的入口」，一下子便將玩耍鍵入人生。從第四句開始，「溜進時間的深井／滑入夢想的深宮」，這是孩子的成長後的歲月。未來歲月之豐富是無法具體表達的，用「深井」、「深宮」替代足也。讀者應該注意到，整首詩是用滑梯的樣子傾斜下來，落地後再抬頭的。內容上的雙重內涵和形式結構的配合，讓你的感官撞擊之後，也引你大腦向深層思索。如果你再通過想像將「山的肩膀／雲的彩衣」看作是孩子未來的多彩多姿而又高聳如山的人生和事業，也在情理之中。

2.形式上的追求。傅詩予是一個不甘於墨守成規的詩人，是一個勇於探索和創新的詩人。讀她的詩，如果稍稍留意便會發現，只要能夠運用的表達方式，她都興致勃勃地進行嘗試。其中有圖像詩，有藏頭詩，有迴紋和頂針詩；有四句一節，有二句一節，有多句一節，還有方方正正的豆腐塊等。應該說這些追求都是有益的，是有利於內涵表達的。藏頭詩是詩中的暗器，在專制生活的年代和環境中，不敢公開表達心意，用藏頭藏尾的方式攻擊敵人、表達心聲是常有的事。圖像詩如果用得好，比如傅詩予的《滑梯》，也頗耐人思索。臺灣有許多詩人寫圖像詩，比如老詩人詹冰、林亨泰等都是圖像詩的高手。詹冰的《螞蟻》和林亨泰的《車禍》都令人難忘。傅詩予的《獨孤月》，是一首優秀的圖像詩，她寫的是月亮，又用月牙的圖像進行表達，而且文字排列的恰到好處。開篇是「月／孤獨」，結尾是「獨孤／月」，兩個尖尖都是一個「月」字，不

但沒有因形式而破壞內容，而且形式有利於突現內容，這樣的創作應當鼓勵。但也有人事先畫好圖像，再寫內容的，而且內容和圖像並不是一碼事，完全成為一種遊戲，這樣的圖像詩可以休矣！

　　3.練意和練句。寫詩，練意和練句極為重要，尤其是具有深意的詩，絕不是靠靈感一蹴而成的，它是要經過反覆思索和推敲的。練意常常和謀篇佈局連在一起。一首詩的成敗，往往就在「立意」上，如果「立意」的一關能夠把握好，那麼詩也基本上是成功的。傅詩予的〈提款機〉是這方面的佳作。

　　　　不必體驗冷暖人生
　　　　不必記住密碼
　　　　不必當卡奴
　　　　爸爸就是我的全自動
　　　　提款機

　　　　媽媽也是
　　　　永遠印不完的關心
　　　　永遠兌現的承諾
　　　　永遠不會被擠提光光的
　　　　愛的提款機

　　　　　　　　　　　　　　　　——〈輯一：提款機〉

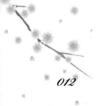

與你散步落花林中

提款機是用來提取鈔票的，詩人經過練意讓它提「愛」、提「關懷」、提「親情」。這是一個絕好的立意，而且把它用在爸爸媽媽對孩子的愛上。因為只有爸媽對孩子的愛是無價的、無限的、無窮的；也只有這樣的愛才是不需要密碼，才是不需要固定模式，都可以任意提取的，也是永遠不會提光的。通過提款機來表達無私、無畏、無限的父母之愛，既貼切，又新鮮。

在練句方面，成功的例子比比皆是。例如：「你咳嗽嗆了一身的我們的幸福」【輯一：紅鸚鵡2】；「輕踩油門／慢慢煞住雪的脾氣」【輯一：雪夜即景】；「不要讓沉默淹溺這小樓」【輯二：面具】等等。這些內涵豐富、容量極大、詩意濃郁的詩句，都是經過提煉才得來的，詩人是煉金的好手，沒有好的煉金術，是成不了好詩的。

如果說傅詩予的詩，是一座山，本文便是一條攀山的小道；如果說傅詩予的詩，是一個海，本文便是一條悠悠的小河。目的在於起到導讀之效。

二〇一〇年十一月十五日寫於加拿大多倫多烈治文山

＊古繼堂＊

古繼堂1936年生，河南修武縣人。1964年畢業于武漢大學中文系。中國社會科學院文學研究所研究員、中國作協臺港暨海外華文文學委員會委員、鄭州大學、華僑大學、同濟大學兼職教授。著有《台灣新詩發展史》、《台灣小

說發展史》、《台灣新文學理論批評史》、《靜聽那心底的旋律——台灣文學論》、《台灣青年詩人論》、《台灣愛情文學論》、《評說三毛》、《柏楊傳》、《台灣文學的母體依戀》、《古繼堂詩集》等，主編《簡明台灣文學史》、《台港澳暨海外華文新詩大辭典》，參編《中華文學通史》，另有詩歌、小說、散文叢書數十部。組詩《台灣風情》獲1998年上海《少年文藝》佳作獎。

與你散步落花林中

雪夜的詩心

──讀傅詩予的《與你散步落花林中》

傅孟麗

　　在聯網上認識詩予，她的詩，情深而溫婉，非常動人。

　　今年（二〇一〇）夏天，詩予來我的格子留言，告訴我要出版第二本詩集《與你散步落花林中》，邀我為她寫序。說實話，我心中有訝異，有不解。因為我雖熱愛詩，自己卻並不寫詩，聯網上詩人如雲，怎麼輪得到我來寫序呢？詩予並未明說，不過，詩予既然曾經師承余光中先生，我揣測應該是因為我曾為余光中先生寫傳，因此有了合理的牽連。起先，我有點猶豫，不久，我收到詩予家人寄來的紙本手稿，展讀之後，十分喜愛，於是決定一試。

　　《與你散步落花林中》分為三輯：輯一‧舐犢情深、輯二‧畫眉、輯三‧月是故鄉明，全集共收一百零八首詩。這些詩大部分是詩予在二〇〇七年十一月到二〇〇八年四月間完成

初稿的。詩予年少時啟動詩心，卻在中年後才再拾彩筆，這段漫長的空白歲月啊，究竟醞釀累積了多少詩情？以至於詩心一發，就翻騰飛噴，如泉湧不止。

輯一《舐犢情深》描述子女出生成長過程的點點滴滴，有五十首，幾乎佔了全集一半。雖然我和詩予完全不熟識，但同為女人，讀到這些詩篇，心思立刻就被牽引到同一條心路歷程。

詩予在安排篇次時，並未依循孩子的出生成長時序，而是依照創作的時序。所以一開始，我們就會看見已經長大的〈滑雪的少年〉像在銀幕上朝向我們奔來：

　　奔向我　　你扭轉翻旋的奔向我
　　穿過銀白夜幕　　你光束般地奔向我
　　挂竿而甩　　星子與月亮都追不上你
　　你奔向我　　箭般地著地

　　　　　　　　　　　——〈輯一：滑雪的少年〉

孩子長大了，星子月亮都追不上，如箭般地著地，多麼清晰有力地刻畫出孩子已經長成壯碩的少年，飛奔在雪地上的情景。然而為母的心情卻是複雜的，在〈最後的萬聖節〉中，傷感孩子的童年已悄然而逝：

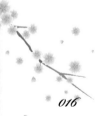

與你散步落花林中

我的淚水便不聽話的淌下

因為我知道那魔幻的童年已悄悄離去

那曾攫住我的少年時光啊

也已降臨在你們匆匆合上的日記裡

——〈輯一：最後的萬聖節〉

於是，傷逝的母親沉緬回想起孩子的孕育、胎動、誕生、從無到有、第一步、第一句話、生病、上學、嬉遊……，一路走來的喜悅、感動、心疼、牽掛、驕傲，字字句句都透露著母親被孩子牽動的心情轉折：

你在黝黑的隧道裡

循著光的指引緩緩轉身

你在間歇的挪移途中

領會母親的痛楚與喜悅

你在被拍醒的冥想裡

慌忙地忘了前世的約

只用兩片紅唇將母親的天空

染印成彩霞朵朵

——〈輯一：生之完成〉

在一次又一次的奶溢之後

在忙著清理圍兜之時

如噓息般的「媽媽」聲

撲翅翅破繭飛來

———〈輯一：第一句話〉

　　還有什麼比得上孩子的第一句呼喚「媽媽」來得更驚喜？是的，語言是音符，孩子的咿呀學語，每一字每一句都是美妙的聲音。爾後幼兒終於離開了襁褓，在〈上學〉一詩中，詩予如此得意地描述自己的孩子：

他們都說你的褐眼珠最美麗

他們都說你的黑頭髮最新潮

四歲就繞過半個地球遊遍整個國家

他們在說你的本事最大他們在說

領隊就由你來當吧

喔　他們還說你會外國語呢

———〈輯一：上學〉

　　天下父母心，心同此裡，心甘情願為孩子犧牲奉獻，在〈提款機〉〈帳簿〉中，詼諧自嘲地招認對孩子的寵愛，令人會心而笑：

與你散步落花林中

爸爸就是我的全自動
提款機

媽媽也是
永遠印不完的關心
永遠兌現的承諾
永遠不會被擠提光光的
愛的提款機

——〈輯一：提款機〉

只為買妳嫣然一笑
只為買你少年英挺
每個數字都是駱駝蹄印
在永恆的絲路之旅中
反芻親情
為愛烙記

——〈輯一：帳簿〉

　　當我猶沉浸在一雙兒女的快樂童年中，倏忽孩子已成年。
〈別急著長大〉中，亭亭玉立的女兒已經成為母親的主駕駛，
篤定而自信：

繫著安全帶　調撥後視鏡

她回頭說：「妳忘了繫安全帶！」

她幼年的時候　我常說的一句話

唉　小女孩回過頭來

別急著長大　等等我

　　　　　　——〈輯一：別急著長大〉

　　母親的心情啊，只有做過母親的能懂！孩子幼時，一方面希望留住他們的可愛童稚，永遠抱在懷中寶貝呵護；一方面又期待他們快快長大，羽翼豐滿展翅高飛。最後，詩予寫下〈所謂母親〉，為自己，也為天下的母親做了註腳：

我用青春織成錦被

夜夜呵暖你們冷冷小腳

我願是一枚書籤

夾在你們生命的扉頁中

陪你們根深苗壯

我會夜夜哼著催眠曲

拍撫熟睡之後

偶爾的顫動

與你散步落花林中

而只有你們沉沉的鼾聲

是疲憊的母親

入睡的許可證

所謂母親　　也曾靈秀脫俗

所謂母親　　也曾不讓鬚眉

這些這些都不再比你們重要

你們的笑容是勞睏的母親

入睡的搖籃

——〈輯一：所謂母親〉

　　輯二〈畫眉〉計三十首，寫的是夫妻間的愛瞋喜怒。和大多數的夫妻關係一樣，婚後二十年，最初的熱情早已轉化成親情，但是詩人的浪漫情懷未曾稍減，所以對於丈夫看似漸凍的心，存有諸多感觸和期待。如：

你看見山澗水凍成白冰

靜止的躺在岩壁上

等待融化嗎

你告訴我時間是否也靜止

壁鐘是否不再報時

是否我仍是二十歲

長髮寫詩柔情萬丈

是否你仍是年輕挺拔

——〈輯二：是否〉

是否如初？類似的問句在〈冷泉〉中也出現過：

我從你的夢裡回來

兩鬢已經花白

冷泉溪旁

飛逝而過的是風

一直探問你的心

是否如初

——〈輯二：冷泉〉

其實在詩予的淺淺勾勒下，一個生性木訥務實的丈夫已經躍然紙上。〈有一句話〉裡，他要她仔細聽好，因為說完將不會再說第二次，以至於她後來懷疑「究竟說過那句話沒有？」。那麼倒底是哪一句話呢？詩予要與讀者心照不宣。

夫妻之間的濃情蜜意甜言愛語，在走入婚姻後演變成〈從來不曾〉——「你從來都不曾為我採擷鮮花／你從來都不曾為我寬解哀愁／你從來都不曾為我的白髮擔憂」，但是詩人又寫道：「你只是買座花園給我／好讓我忙碌的孵育善感的花花草

草／你只是關起房門／還我一片靜土／好讓我切切的數完珍珠般的眼淚／你只是收起屋內所有的鏡子／好讓我看不見日益滄桑的自己／你好像生來就知道缺月自會盈滿／從來就知道無名火會自然熄滅／而我會草草地結束憂傷」（〈輯二：從來不曾〉）

詩予自問自答，她心裡都明白，從來不曾浪漫的他，是理性，是實際，默默地關愛守護她。然後日日的磨合中，夫妻間的〈冷戰〉仍不免上演：

> 我將自己擲入不再流動的冰河
> ……
> 我將自己封入千年刀鞘內
> 不再過問柴米油鹽不再心動
> 卻在你撲向火燄時
> 不自主的出鞘做羹湯
> ……
> 卻在我切到手指的驚叫聲中
> 彈回彈藥庫
>
> ——〈輯二：冷戰〉

夫妻間的冷戰模式，在詩予簡練流利的筆觸下，有畫面，有影像，用「冰河」、「刀鞘」、「彈藥庫」來比喻戰場現

況，精準又幽默。

在漫長的婚姻進行式中，歷經摩擦、冷戰、期望失落後，詩予逐漸體會出屬於婚姻的〈幸福〉：

你仍然平穩的睡著　只鼾聲更厚了
月光蓋滿庭院　窗外的街亮如白練
我起來喝茶　擲入茶捲
等往事泡開原形
秒針追著分針走
沒有查覺的我忽然明白
平淡　原來比絢爛更幸福

——〈輯二：幸福〉

有人平穩的睡在身旁，打著鼾，縱使無語，也是一種幸福。平淡，原來比絢爛更幸福。詩予體會到：「相愛不再是一場偶然，熱情不再是一陣龍捲風，我知道你會陪我走一生。」（〈輯二：陪我走一生〉）；中年的詩人，早已預約「在你替我蓋上毛毯的暮年，一起傾聽比溪水更動聽的青春潺緩」（〈輯二：相守〉），並且要〈與你散步落花林中〉：

與你散步落花林中
晚風陣陣我們ㄔㄒ行

與你散步落花林中

倥傯此生　你我已不復年輕

愛人　俯拾老景

我卻依舊喜歡在這落花林中

十六歲少女般的隨你馳騁

——〈輯二：與你散步落花林中〉

輯三《月是故鄉明》是對父母親人的思念，有二十八首。去國離家十餘載，在異鄉輾轉遷徙的飄泊歲月中，對故鄉的親人的綿綿思念，在詩人筆下盡情宣洩。

〈竹南老家〉總是夢的起點：「中港溪的水聲好像響自屋後／母親好像在廚房炒著客家米粉／清晨　我在香香的夢裡醒來／好似飽餐了一頓卻饑腸轆轆」，好似飽餐一頓卻飢腸轆轆！把那種借夢滿足思念，夢醒後卻更思念故鄉之情，描述得很傳神。

〈夢的震央〉敘述的是童年遭逢地震時全家心手相連的記憶：「夢見震央深處／我們緊緊相守／夢見您溫暖的臂彎／緊緊圈著倉皇的兒女／我們靜靜數著彼此的心跳／靜靜等待死亡的霧氣飄離」，如此的相守，在生命中一直持續：「您們守著我一起陣痛／先後生下的兩個孩子／…雖多年不見卻依然渴望您們的擁抱」…即使遠隔重洋，母親的膝蓋，父親的病痛，也時時掛念在女兒心上。即使在異國過著〈感恩節〉，烤火雞的香味也遠不如故鄉的一鴨三吃；在〈海外的舊曆年〉，詩人望著冷冷清清的街道，也「只能在記憶的後院放鞭炮」。……

海外歲月的酸甜苦辣，對於跨越文化的矛盾與衝突，詩予在〈風箏的詠嘆調〉裡有深刻的告白：

　　　　有人逼迫下一代習寫書法
　　　　卻在跳樓的脅迫間掩面哭泣
　　　　原來真正不認同的是我們自己
　　　　……
　　　　像一群逆流迴溯的鮭魚
　　　　在來來回回衝突間疲憊不堪
　　　　……
　　　　我們投下第一張選票
　　　　卻仍不在乎選舉結果

　　　　語言文化宗教膚色是一道道牆
　　　　跨越之後卻已年邁
　　　　　　　　　　——〈輯三：風箏的詠嘆調〉

　　詩末故鄉的親人成了風箏的主人，久久地就要收收線，自海的另一端。於是，返鄉成為夢寐以求的盼望，且看〈回國〉描述的近鄉情怯：

與你散步落花林中

飛機馱著無窮的愛俯衝而下

衝破雲霧

往事在夜空裡閃著火花

越來越近

請替思念扣好安全帶

我們將要落地

慎防眼淚潰堤

——〈輯三：回國〉

　　誠如詩予自己說的：這本情書，寫的不是纏綿悱惻的愛
情，而是平凡無奇的親情。這些或許太平常了，反而容易讓我
們遺忘輕忽，但它始終存在於周遭。於是詩予捕捉生活中的瑣
瑣碎碎，用繆思的語言去追懷生命中最美好的時光，去記錄普
天之下世間兒女也曾擁有過的那分愛。

　　詩予的筆觸柔美，氣味芬芳，意象如畫。即使是澎湃洶湧
的感情，在她筆下亦緩緩流動成寧靜的河流，一種豐盈卻內斂
的美，讓我們在欣賞品味她的每一首詩時，都能感受到她的溫
良胸懷，優美情操。

　　同時，在這篇序完成之際，接到詩予的Email，她告訴我，
剛以去年（二○○九）出版的《尋找記憶》一書獲得僑聯總會
文化基金會為全球海外華人所舉辦的華文著述獎詩歌類首獎，

想與我分享。她還說，《與你散步落花林中》是她更喜歡的作品……。恭喜詩予之餘，希望這本《與你散步落花林中》能再締造佳績！

> 雪溶了　我的詩句溶在土壤裡
> 變成種子　與紫丁香一起鑽出泥土
> 蜜蜂過來把我們的體香一起帶走
> 我的詩句隨風遨遊
> 撒滿林間　你還會來捕捉它嗎

——〈輯三：詩繭〉

　　在微寒的冬日，我陪詩予散步在落花林中。敬愛的讀者們，你也一起來嗎？

＊傅孟麗＊

傅孟麗，淡江大學中文系畢業，曾任《台灣時報》記者主編、港都週刊發行人、消費者保護雜誌總編輯、高雄好書店董事長、芳草出版工作負責人、高雄市婦女新知協會監事。著有《茱萸的孩子：余光中傳》（天下文化，1999.01.22）、《流芳：黃友棣的樂教人生》（春暉出版社，2000）、《水仙情操-詩話余光中》（天下文化，2002.03.25）、《南國女人讀書夢》（婦權會2005.03.07）等書。

目次

輯一 ❀ 舐犢情深

與你散步落花林中

輯二 ✿ 畫眉

與你散步落花林中

輯三 ✿ 月是故鄉明

輯一

舐犢情深

滑雪的少年

——記加拿大安大略省北郊藍山城
（Town of Blue Mountain）

月光灑在喬治灣上
縱身而下　自高高雪山頂
喬治灣在你腳下
忽明忽滅　越來越近

為了躲開白日熙攘的雪道
你總愛在夜裡滑雪
是為了能專心感覺速度之激情
還是為了向我保證
你無論如何都會肌膚完好地奔向我

奔向我　你扭轉翻旋的奔向我
穿過銀白夜幕　你光束般地奔向我
拄竿而甩　星子與月亮都追不上你
你奔向我　箭般地著地

二〇〇七年五月二十三日作於多倫多北約克
二〇〇九年四月十五日發表於《笠》詩刊270期

讓童年翱翔

——記美國佛羅里達州迪士尼四大樂園

之一　魔法王國（Magic kingdom）

童年開著蒸氣火車來了

來自外太空　它將領你鑽進電視

你將擁有唐老鴉米老鼠的簽名擁抱

白雪公主和小矮人會沿街向你握手

你將穿上辛德拉的玻璃鞋

城堡裡和小精靈悠悠旋舞

悠悠旋舞　阿拉丁神燈變變變

芝麻開門芝麻開門

打開了小人國　飛毯穿雲閃霧

當你聚精會神欣賞小獅王歌舞

外星人ET飛快的伸出他的小魔掌

他趁黑摸你一陣冷　嘿嘿嘿

巫婆騎著掃把　尖笑劃破長空

你運動衫上的小美人魚嚇得跳回海底

當你雙腿發麻兩眼發星

小仙女會滑著鋼索下凡

輕揮魔棒　灑下滿天炫目煙火

煙火如流星雨將爛漫此生

快上火車吧　今天

你多年的期盼將要兌現

之二　科幻之旅（Epcot）

將要升空了　拋全世界的喝采於艙外

你被發射　五臟六腑移了位

火星上你浮浮沉沉不肯回地球

於是你又搭上魔法校車進入人體

你看見大腦是如何和眼睛合作

你看見白血球如何圍攻感冒細菌

你且讓紅血球攜著你回到心臟

日夜為你的養分加工

然後你變成小豆子旅行腸胃

轉眼落入洪荒世紀　快逃啊快逃

滿天飛的翼手龍饑餓的吞口水

暴龍也回過頭　猙獰的紅色眼神

嚇得你一下子又躲回母親子宮

再體驗一次是如何被孕育被生出吧

穿過母親的身體

平靜的觀眾席上你哇哇墜地

不覺你被變小

小到只能坐在茶杯裡

躲過蟑螂的進攻

然後你又被變大

地球村中你走訪全世界

在煙火水舞中

掠影這所有的風雲色變

之三　電影世界（MGM Studio）

終於喘口氣躺在遊艇上做夢

忽然狂風大作

迅雷不及掩耳的龍捲風狂捲沙塵狂捲你

你被摔在海裡遇見大白鯊　逃逃逃

被救起時　還好胳臂大腿都在位

你又搭上雲霄飛車

星際大戰中你是宇宙英雄

追逐間你撞見了法櫃奇兵

三十分鐘的冒險後你搭著小火車

經過每個攝影棚　上氣仍不接下氣

終於了解每部傑作背後的祕密

終於在晚安煙火中知道華德迪斯奈是如何的
創造歡樂

之四　動物王國（Animal kingdom）

隨著泰山喔喔喔你進入非洲叢林

車窗上和長頸鹿的巨眼眼貼眼

獅子大象悠悠閱兵　一點都不及你好奇

河馬羚羊呼呼大睡　我遂疑惑

你是來看猴戲　還是讓猴子看戲

三Ｄ秀裡　你進入昆蟲林穴

你戴上蜻蜓複眼

卻學不會那一身捕蟲術

不如在化石堆中拼湊暴龍骨骸

然後進入暖房　看看蔬菜水果

如何的在四季裡被孵育

泛泛舟吧　快乘小艇激流而下

濕漉漉地等待火舞夜空

滿天斑斕中驚遇煙花朵朵

二〇〇七年五月二十五日加拿大多倫多北約克
二〇一〇年三月十五日發表於《創世紀》詩刊第162期

最後的萬聖節

晃動著的是故事書裡跳出的精靈
窗外南瓜燈明滅著
細雨的街道　夜正沸騰
Trick-or-treat
Trick-or-treat
殭屍惡魔巫婆鬼魂齊來敲門
那開門的竟是骷髏人
尖笑地撒了滿地巧克力
這一個夜晚童叟齊樂
迷糊了原想找替身的死亡之神

而今夜你們並不細心打扮
只願做個發糖果的主人
我不經心的催促
卻見你們一個沉默一個怯怯的說
We feel wierd
We are too old for that
我的淚水便不聽話的淌下

與你散步 落花林中

因為我知道那魔幻的童年已悄悄離去
那曾攫住我的少年時光啊
也已降臨在你們匆匆合上的日記裡

細雨的街道　夜正沸騰
窗外南瓜燈明滅著一個遠去的夢

二○○七年六月二日於加拿大多倫多北約克
二○○九年八月十五日發表於《葡萄園》詩刊183期

燈塔

　　——記渥太華故居生活

春天　我是彎腰駝背的花農
紫紅色的蘋果花正含笑

夏天　我是不亢不卑的園丁
青綠綠的草皮正油油

秋天　我是打理落葉的守門人
屋後那三棵楓樹已嫣紅

冬天　我是足不出戶的廚師
屋前那棵蔥綠的松樹已雪白

時光悠悠的走
世界之大　六十億人口
世界之小　我僅有丈夫和孩子
何其寧靜之孤獨
何其甘甜之束縛

與你散步落花林中

年年四季
日落以後　我是守更的燈塔
替親人照亮回家的路

二〇〇七年六月三日於加拿大多倫多北約克
二〇〇九年四月十五日發表於《笠》詩刊270期

手機

為了能精確的抓住你的每一分鐘
我慷慨的送你隻手機
並且從不止付帳單
並且從不限制你使用的時間
但當我搖控你時
你總要我留言

從MP3到拍照　　從攝影到上網絡
從路線導航到小小記事
卻為何沒有一條電子路徑
能直指你心通我心
讓你明白我是如何焦急地在這兒
數著鐘擺讀著分秒

二〇〇七年九月五日於加拿大安大略省烈治文山市
二〇〇八年六月十五日發表於《創世紀》詩季刊155期

在飛瀑中

——記加拿大安大略省北郊 Manitoulin Island

滑落自藍天的簾幕

飛瀑面紗似的罩住嶙峋的崖骨

深沉的圓潭聚著金陽的元氣

這小小的谷啊像陶碗

盛著黃昏的氤氳與翡翠汁液

而妳縱身入瀑　如魚如蝦

綠玻璃裡沉沒浮現

喜歡為妳拍攝紀錄片

喜歡妳仰泳的踢濺

踢濺夕陽如滾著橘紅水球

彷彿妳是少年的我幻想的正在潛泳的我

喜歡妳未即換上泳裝就跳下水的衝動

喜歡妳跳下水就不再理會這世界的任性

喜歡妳倔著嘴說我還沒過癮

啊　那不正是年少愛淋雨的我嗎
愛淋雨的我正在挑戰父母的耐心
喜歡透過鏡頭看妳向我招手
好像十六歲的我對著即將謝幕時空說：
「沒關係　我多的是時間！」

二〇〇七年十月十九日於加拿大安大略省烈治文山市
二〇〇八年七月二十八日《台灣新聞報》西子灣副刊

孕事

花苞躲在母親的枝椏裡等待綻放
小雞躺在母親包裹的殼裡等待破裂
魚母親藏在珊瑚礁間的卵也正待成熟
你巧巧附上我的子宮
不覺一釐米一釐米的張開

自從有了你　我慵懶如貓
時常黃昏和黎明顛倒的數過
勾勒你的眼嘴耳鼻
拿捏你的手足形狀
我時常凝望你的父親也望著自己
一張紙一張紙重複組合
每個恍惚的剎那都好像看見你
泅過前生的岸來結這段母子緣
等你圓潤等你敲響出生的時辰
啊　我已然深愛著未出世的你
從不曾畏懼陣痛的撕裂
夜夜在夢裡微笑

二〇〇七年十一月九日作
二〇〇八年七月十五日發表於《文學臺灣》第67期

天籟

幽幽微微　如響自海底的回音
咚咚咚咚　你的心跳如鼓
那沉寂的超音波影像因你而雀躍
你存在我體內最完美的地方
側耳傾聽腹壁外傳來的音律
你奇怪那熟悉的聲音是誰嗎
那是我　你的母親
正哼唱著寫給你的兒歌
正唸著如何教養你的書
正因你的存在而真正存在著的輕笑著
正重覆重覆模倣著你的小小心跳
咚咚咚咚的敲著嘴鼓
給那所謂爸爸的人聽聽

你奇怪腹壁外傳來的笑聲嗎
那是他　你的父親
正隔著一層肚皮和你耳貼耳
傳授腹語術給你呢

二〇〇七年十二月十八日作
二〇〇八年七月十五日發表於《文學臺灣》第67期

胎動

你捲成一粒種子
讓肚皮鼓起的豆莢
曲線有緻地翹首望著明天
你不說話你滾過的平原
好像有樹苗慵懶的伸腰

你像畫布底下滾過的風
握緊拳頭的風呵
抓住了母親的驚喜
又躍回子宮海裡噴噴品嚐
留下不專心的父親
一直的在畫布上捕捉
山水的下一次驛動

二〇〇七年十二月十八日作
二〇〇八年十月十七日修訂
二〇〇九年九月二十三日發表於《金門日報》副刊

生之完成

痛是生的開始

撕裂是蝶變的前奏

呼氣放鬆

吸氣推擠

你在黝黑的隧道裡

循著光的指引緩緩轉身

你在間歇的挪移途中

領會母親的痛楚與喜悅

你在被拍醒的冥想裡

慌忙地忘了前世的約

只用兩片紅唇將母親的天空

染印成彩霞朵朵

並以初啼打開世界的窗

停止母親陣痛時的

苦

二〇〇七年十二月十八日作

二〇〇八年十月十七日修訂

二〇〇九年五月二十九日發表於《人間福報》副刊

母與子

乘著午夜星宿的列車
涉過寧靜的子宮海
你來　喚醒春天
瞳眸如琥珀
未蒙塵埃的胎毛滑若絲綢
軟綿綿的小小拳頭空中飛舞
打太極拳般地　切開日月
一半沉睡　一半無所為

酣睡若燕巢雛鳥
啼聲是千古音叉震天價響
為了捕捉你的笑容
母親挑燈哼曲
在奶瓶與尿布的行列裡
轉身忘了自己
比對生辰算著筆劃查著字書
為你的命名不斷籌措

夜夜　像懷抱明月

夜夜　掌上有春天

二〇〇七年十二月二十日作
二〇〇八年十二月十三日修訂
二〇〇九年四月十五日發表於《文學臺灣》第70期

與你散步落花林中

從無到有

一聽二視三抬頭
四握五抓六翻身
七坐八爬九長牙
十月扶站下地穩
十一咿呀叫爸媽
周歲寶寶蹣跚走
頭一次耳聰正靈　發現哭聲會喚來媽媽
頭一次眼珠滴溜轉　發現奶瓶和爸爸
頭一次抬頭　發現世界在旋轉
頭一次握住小槌　發現敲擊樂翻天
頭一次抓住玩具　發現擁有真歡喜
頭一次翻身　發現天空之外還有地
頭一次坐穩　發現周遭萬物轉了彎
頭一次扭爬　發現接近目標的快感
頭一次扶椅小立　發現自己和貓咪真不同
頭一次獨自站穩　發現天大地大我最行
頭一次咿呀學語　發現媽媽眼裡有水光
頭一次蹣跚走路　發現媽媽也會失常

啊哈　從無到有　每天都有大驚奇
唷呵　從靜到動　每天都有大新禧

二〇〇七年十二月二十一日作
二〇〇九年六月二十日發表於《臺灣時報》副刊

與你散步落花林中

第一步

顫微微的佇立　前方有影
有昨夜擱淺的小飛機
有軟糖一樣的奶嘴
有小鴨俏皮的瞅著你笑
快挪動步履　前方有夢
有等你親手揭開的蝴蝶結
有雲　有虹　前方有我
有花　盛裝等你

快飛翔吧　張開雙翅
伸腿踢直　快跨過來跨過來
不意在我轉身的剎那
你以華爾滋似的跳躍
三步併二步
撲進我懷裡
盈笑如月

二〇〇八年一月十九日作
二〇〇八年十一月二十四日修訂
二〇〇九年二月十日發表於《中華日報》副刊

第一句話

囚在你的喉管間
等待蛹變
語彙慢慢長大
唇齒舌動裡健康的被孵育
在一次又一次的奶溢之後
在忙著清理圍兜之時
如噓息般的「媽媽」聲
撲翅翅破繭飛來

我的耳膜不再寂寞
語言是音符
碰撞在冷冷的空氣裡

二〇〇八年一月二十七日作
二〇〇八年十一月二十六日修訂
二〇〇九年二月十日發表於《中華日報》副刊

與你散步落花林中

週歲速記

一盞燭火在生日快樂的旋律裡等待
等你吹滅黑暗　吹醒掌聲如雷
燈光乍現　八方將以你為圓心
讓我們不在意捉週時你的去向
讓我們為一切可能擊掌驚呼
驚呼每個未來將繽紛如彩球
讓我們相信每個黑暗的時刻
旭日會趕來　會揮點魔棒
光暈中我們閉目等待
等待燭火吹滅的瞬間
美麗的驚喜會發生

冬風拍打著窗　像搖滾樂的前奏
黑暗中等待揭幕的瞬間
我們畢生都是你的追星族
一盞燭火燈塔般照亮你的名字
你的名字在蛋糕的沃土上
滿載著夢想出航

漫長的生命之旅中　你會知道
我們將一直在岸邊擊掌等待
等待一位明日之星
在「五、四、三、二、一」的倒數後
噘著嘴吹滅燭火　將願望分享
一起在燈光爛漫的永夜裡歡唱

二〇〇八年一月二十七日作
二〇〇九年九月二十三日發表於《金門日報》副刊

高燒筆錄

額頭上的熱蒸發了記憶
當體溫計宣判三十九度半
發燙的夢軟綿綿的躺在嬰兒床裡
只有母親是永不輪班的
警鈴　徹夜一直張著耳朵
試圖攫住夢的掠奪者

一直張著耳朵　為了四垂的花瓣
聽取雨水的消息　為了龜裂的土地
一直張著耳朵　聽取浮雲的低語
為了穿越沙漠　為了涉過死靜的太空
固執的母親一直張著耳朵
在夜裡划著逐漸膨脹的意識
在夢的窸窣聲中醒來

當體溫計宣佈三十六度半
當夢在樹葉間彈跳
合掌端坐的母親

開始感覺饑餓

熬碗清粥　請晨曦共餐

翻閱早報　循著奶粉減價的風向

一直張著耳朵

二〇〇八年一月二十八日作

二〇〇八年十二月十四日修訂

二〇〇九年一月二十五日發表於《金門日報》副刊

與你散步落花林中

逛花燈

——記兒子三歲時陪我逛花燈，
險遭離散的人生插曲。

小親親　吃過湯圓
出外猜猜燈謎吧
只是千樹千燈
人潮層層疊疊
我如何在光暈的流轉裡守護你

廣場上的走馬燈秀
寂寞了天上月燈籠
赤燄晒紅長街
燈的魔手不斷旋舞
捏塑今夜的明

飛蛾如帶翅的雪花
風一吹過　也四散
你興起追逐沒入人群
為了尋回你　乘風破浪
兩岸喧嘩的彩燈驟然瘖啞

小親親　我幾乎失去你
當燈火攪我以霹靂電光
當驚惶染紅了我的雙眼
與每一場誘惑拔河
我如何在鼎沸的市聲間繫牢你

二〇〇八年二月二日作
二〇〇九年十月十五日發表於《馬祖日報》鄉土文學版

與你散步落花林中

紅鸚鵡（一）

紅色鸚鵡　掛在玄關間
不會饒舌也不會回嘴
只是忠實的模仿笑語
配著紅色翅膀的拍動
嗓音變了的怪調
讓黑白的日曆　頁頁夢到彩虹
讓小童夜夜夢到笑醒

笑逐顏開的小童已長成少年
長成少年的小童為了考試拿高分
已經很久很久不再對著紅鸚鵡說笑
紅色鸚鵡　蹲在書架頂
不會饒舌也不會回嘴
只是忠實的等待變成大人的孩子
買顆新電池給牠　好讓牠再笑一次

紅色鸚鵡　掛在媽媽心坎裡
只有媽媽會再買顆新電池給牠

墨色子夜悠悠的走
只有媽媽會站在時間的森林裡
聆聽曾經的笑語滿堂彩
只有媽媽在紅色翅膀的拍動下
笑不可仰的翻開記憶
讓一張張照片在放大鏡底下迴旋

二〇〇八年二月四日作
二〇〇九年一月十五日發表於《秋水》詩刊140期

與你散步落花林中

紅鸚鵡（二）

玄關間的紅鸚鵡
正凳居地裹著月色
想念你幼時的甜甜
那麼輕易就觸發的笑容

你的饒舌　它的回嘴
就透過一顆小電池
煦煦春陽是如許可親可抱

學著它拍動的雙臂
如今在網球賽場左右開弓
留戀那揮舞著的紅色翅膀
你咳嗽嗆了一身的我們的幸福

彩虹還掛在牆頭
參差著你五歲時的拇指印
也預告著如今你年少的叛變

紅鸚鵡燒在媽媽心坎裡

驚問悠悠子夜你人在何處

又一頭笑不可仰的翻開記憶

讓張張照片在放大鏡底下迴旋

二〇〇八年二月四日作

二〇〇八年十月二日修訂

二〇〇八年十月三十日發表於《金門日報》副刊文學

滑梯

滑梯是童年的入口
　透過各種形體
　　來招呼你
　　　溜進時間的深井
　　　　滑入夢想的深宮
　　　　　梯底下鞋履著地後
　　　　　　一蹬起來
你又跑回起點
不厭其煩地撫過
山的肩膀
雲的彩衣

二〇〇八年二月五日作
二〇〇八年十二月三日修訂
二〇〇九年二月十日發表於《金門日報》副刊

捉迷藏

是誰想出來的遊戲法
不用語言來傳譯
不用複雜的遊戲規則
只有躲藏和發現
盡其所能的躲藏
運用五官
靜靜尋找匿藏起來的快樂
快樂啊　躲在衣櫃裡
快樂啊　躲在桌底下
快樂啊　躲在沙發後
快樂啊　躲在門窗旁
正偷偷的竊笑
正偷偷的伸出頭來
像露出眼睛的潛望鏡
正偷偷的觀察海浪的去向
海浪也偷偷的撲向它

與你散步落花林中

抓個正著

二〇〇八年二月五日作
二〇〇八年八月二十四日發表於《台灣新聞報》西子灣副刊

小汽車

我在礦脈岩層裡被挖堀
推土機來來去去翻出所有記憶
我乃萬年前巨獸之殘骸
猶有著龍之嗅覺
孤獨而迷失

烘爐裡　盛怒的火
一再灼燒切割分裂我的靈魂
繪上彩衣　我是小黃汽車
方向盤是我的龍角
櫥窗前正待價而沽

他來　穿著黃色小襯衫
牽我回家　形影不離
在他熱鬧的家家酒宴裡
我又是龍　巨大而威猛
載著他一飛沖上天

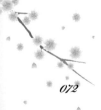

這種歸屬的感覺
就是愛嗎
就是愛嗎

二〇〇八年二月五日作
二〇〇九年二月十九日發表於《馬祖日報》鄉土文學版

婚宴一隅

紅唇白紗與玫瑰

對聯桌席與酒醉

走來了　窈窕新娘像芭比

瀟灑的新郎笑嘻嘻

媽咪　我會像她一樣漂亮嗎

媽咪　我會像他一樣英俊嗎

媽咪忙著剝蝦給妳

媽咪忙著鉸蟹給妳

對不起我沒看見新娘只看見妳

媽咪忙著舀湯為你

媽咪忙著挑刺為你

對不起我沒看見新郎只看見你

二〇〇八年二月十二日作

二〇〇九年四月十五日發表於《文學臺灣》第70期

與你散步落花林中

上學

小步輕飛　小書包裡的小熊露隻眼
你坐在地毯的末端東張西望
同學笑你跟著笑
同學搖頭你也搖頭
同學嘆氣你也嘆氣
啊　你嘗試猜懂他們在說甚麼

冬去春來　春去冬來
你坐在地毯的前端哈哈笑
老師問　你搶先答
電話響　你搶先聽
新來的同學　你搶先抱
哇　你金髮碧眼的同學敲門來

他們都說你的褐眼珠最美麗
他們都說你的黑頭髮最新潮
四歲就繞過半個地球遊遍整個國家
他們在說你的本事最大他們在說

領隊就由你來當吧

喔　他們還說你會外國語呢

二〇〇八年二月十二日作

二〇〇九年八月十五日發表於《葡萄園》詩刊183期

與你散步落花林中

築沙堡

請不要打攪我的孩子啊浪花

他正旁若無人地開始堆他夢中的城堡

請不要與風競走與雨密商

請溫柔並且耐心的等待他的傑作

他已砌完幾面牆　牆上有畫

他已蓋上屋頂　頂上有旗

他正想邀請螃蟹來參觀他的寢室

他正卸下城門好讓我在他的夢想裡踱步

請不要急著捲走他的夢

我知道你必須完成潮汐交代的工作

但好夢如雲　年華似水

請讓我多拍些照片啊浪花

二〇〇八年二月十三日作

二〇〇八年六月十日發表於《國語日報》少年文藝版

提款機

不必體驗冷暖人生
不必記住密碼
不必當卡奴
爸爸就是我的全自動
提款機

媽媽也是
永遠印不完的關心
永遠兌現的承諾
永遠不會被擠提光光的
愛的提款機

二〇〇八年二月十三日作
二〇〇八年十二月八日修訂
二〇〇九年二月十日發表於《金門日報》副刊

小別

壁鐘已敲過九響
你們在外婆的胳臂彎裡睡著了嗎
窗外交錯的霓虹車影仍在拍賣人生
你們紅紅的嘴兒是否已呼嚕呼嚕地
震醒睡了千年的精靈
讓我們一起拉下眼簾
不要理會街頭巷尾熊熊的注視
讓我們枕在夜的魔毯上
像風中旋轉的蒲公英安全降落
旅館裡我要和你們一起入夢

你們是否也夢見那艘發光的小船
海面上正拉著高音奮力旋轉
引起魚族一陣騷動
鯨座噴出七彩的玻璃珠
滿甲板嗶剝跳遠
風從北極趕來伴奏
海鷗群聚船頭在五線譜裡啄食

而我正是那小船
載著你們尋訪傳說中的美人魚
我們在潑濺的星光裡
搖啊搖　搖到外婆橋
一起在外婆的胳臂彎裡睡著了

二〇〇八年二月十四日作
二〇〇九年四月十五日發表於《馬祖日報》鄉土文學版

學寫字

文字似螃蟹
橫行霸道的佔住整頁作業簿
你說作業簿太小了
不夠你放一隻螃蟹

但是　寶貝
你看那螞蟻
牠正吃力的爬上你的作業簿
牠也要學寫字
牠說你的作業簿太大了
正蹲在那兒發愁呢

二〇〇八年二月十四日作
二〇〇八年十一月十三日修訂
二〇〇九年二月十日發表於《金門日報》副刊

雪夜即景

1.

窗外厚重的雪蓋住我的眼睛
連塔樓上的時鐘都只露出一條腿
時間癱瘓在裡面
是甚麼守護著這座零下四十度的城
一九九六年二月　我們的飛機
為了加油停靠渥太華
我在窗玻璃上呵暖夜

2.

在哈里法克斯我們丟出生平第一把雪
擤著鼻涕滿臉紅通地陷在雪枕中
雪花的夢不再只是勞作
我們嬉鬧的滾起一層雪泥造雪人
鑲眼睛捏嘴巴再插根胡蘿蔔
挾著北極星晶亮的導遊
戲守童話裡的小木屋
協力地要扛雪人進屋呢

還記得橡樹群看守著的冰湖嗎
夜打翻了月光杯
我們踩著玻璃湖大聲唱歌
足跡是晶亮的
我們的心也是

3.
終於我們遇見平生第一場暴風雪
急性的箭弩安靜地躺成一座雪城
車子回家了　城市酣睡在白色的羽毛裡
當雪走遠　它留下潔白無瑕的夢
人們從裹著冰雪的屋子裡爬出來
開始打理窗的睫毛
烈日晒雪成透明的冰毯
收音機傳出許多交通事故
多年後我們終於學會等待
終於學會放慢呼吸
輕踩油門　慢慢煞住雪的脾氣

二○○八年二月二十七日作
二○○九年一月七日修訂
二○○九年四月一日發表於《更生日報》副刊

萬聖節之夜

賦予五官的南瓜
正橘泛著整個十月的翹盼
跳跳接接笑滿長巷
黃昏的尾巴在松樹梢搖晃
星光劍與吸血鬼開始對決

新挖的墳旁歪斜著剛啃過的骨頭
一場又一場棺木舞會
紅葉秋風裡邀請死亡
而那些搖著糖果袋　碎步的精靈呵
莫不是童年的你我又來叩門

二〇〇八年三月八日作
二〇〇八年十月九日修訂
二〇〇九年四月十五日發表於《秋水》詩刊141期

水中樂

蛙式

那是誰的影子　你縱身入湖水
收腿　翻　蹬夾
水的樂章一強一弱
蓮葉間　醒來的月光
也學你載沉載浮

蝶式

屈膝如弓如海豚搖著尾鰭
踢腿划臂　你是綻藍的波
在我眼睛的湖裡
蝶化出水
連風也忙著換氣

仰式

身體是獨木舟　雙臂雙腿是槳
輪流叩擊水的寂寞
流雲也喜歡仰泳
卻不斷陷入你激起的水紋
弄皺一件件白衣裳

自由式

身體如轉軸　你爬行水面
僅用比目魚似的側臉抓住能量
曲踢的雙腿　平衡了
總是心慌不已的水花
水與你成了知己

二〇〇八年三月二十八日作
二〇〇八年十二月一日發表於《幼獅文藝》第660期

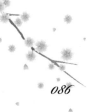

與你散步落花林中

聖誕夜

搗碎保麗龍　就有雪花飄
就有滿天拋灑的熱帶黃昏雪
熱帶海島上　想像是串鈴鐺
搖來了羚羊與紅衣老人
抱著小紅襪
我們在聖誕燈的憧憬裡睡著了

又是佳節聖誕紅處處開
拉著雪橇　我們在雪地裡
拋灑滿天記憶中的保麗龍
孿生的白　兩樣心情
是雪花想念保麗龍
還是保麗龍想念雪花
我們在聖誕樹底嗅尋著往日鍾情

二〇〇八年四月十八日作
二〇〇八年十二月七日修訂
二〇〇九年二月二十七日發表於《馬祖日報》鄉土文學版

復活節

　　啁啾小徑雪未溶，嫩芽早已蠕動不安。暖房中，應景的百合一字排開，合唱曲曲春光好。馬車踏雪而來，蹄聲篤篤，叩醒沉睡的土地。

　　主人藏彩蛋於森林四處，邀請孩童盡興尋寶。尋獲時，此起彼落的驚呼聲，如池裡跳躍的小魚，在寂靜的湖面上，打著水漂兒；如一枚脫軌的音符，擊著空氣的薄弦，驚愕著那燕子回時。

　　棵棵糖楓的樹身剛被鑿洞，串連著的水管與水桶，發出了咚咚聲浪。那是楓樹涓滴著糖漿，正噠噠盈滿人們空了一整個冬天的糖罐；正噠噠盈滿人們空了一季的情懷。

　　我的小女兒含著去年煉製的楓糖，問我邦尼的消息，彩蛋的下落。她反覆地翻開矮叢，反覆地，像百合花陣中嗡嗡的蜜蜂。我的小兒子也正剝開彩蛋，大快朵頤地躲在樹後，像奪得核仁的松鼠。

空林踱步，我尋不著鳥影，卻在滿耳的競嚶間，不得不相信，一切的一切，真的復活了！

二〇〇九年六月二十三日修訂
二〇〇九年十月四日發表於《馬祖日報》鄉土文學版

生日會

拎著禮物來的小客人
碧綠的眼珠湛藍的眼珠琥珀色的眼珠
滾滾落落地把目光擊向妳
你們高歌輕唱你們玩耍談天
擊出月圓全壘打
擊出被淘汰的流星
擊出一夜的祝福
你們在燭光下紅著臉說：

「生日快樂！」

生日快樂　請許個願載著小秘密
妳的嘴唇卻如含珠的蚌
不小心地洩露了寶藏
碧綠的眼珠湛藍的眼珠琥珀色的眼珠
晶晶亮亮地揭發妳
揭出心室的密碼
揭出日記裡的私釀

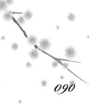

與你散步落花林中

你們拍手雷聲吶喊：

「祝妳生日快樂！」

二〇〇八年四月二十九日作

二〇〇九年六月十五日發表於《創世紀》詩刊159期

旋轉木馬

你們在那兒忽上忽下轉來轉去
夕陽在我的眸底燒紅了
你們還要在那兒轉個不停嗎

我比著 V 字　耶　耶　耶的
牧羊人一樣的數著你們
繞到另一頭時
你們會想念我嗎

我著急的等你們轉回來對我瞅兩眼
我著急的等在微雨裡
你們還要在那兒轉個不停嗎

而為什麼我身旁的母親們
都忘記交談忘記風姿綽約的黃昏
挺著相機　不斷地拿起又放下
為了心中各自的名畫追逐著

二〇〇八年五月二日作
二〇〇七年七月二十九日《台灣新聞報》西子灣副刊

與你散步落花林中

兒時一天

大清早揹著熊貓你推娃娃車
你說娃娃車裡的芭比是妹妹
那你背上黑眼白臉的是誰呀
你神秘又笑答說那是你自己
奇也真奇你怎麼揹著自己走

陽光正午那菜籃大鞋叩叩響
你說你是媽媽拎著菜籃出門
你說你是爸爸穿著大鞋上班
菜籃裡面怎麼自轉著紅汽車
公事包裡怎麼怒吼著翼手龍

左手抓著彩筆鏡前捕風捉影
右手捏著黏土窗前心猿意馬
這時指揮積木築起青山大廈
那時號令拼盤縫補碎裂邊緣
貓咪似的一下午繞著線球跑

黃昏騎木馬馳騁幻象大沙原
一躍就到天涯海角尋找蟠桃
夜來打彈弓瞄準那木星光環
一彈就到火星故鄉尋找ＥＴ
飛蛾似的一晚上追著光影轉

二〇〇八年五月四日作
二〇〇八年十一月十三日修訂
二〇一〇年三月九日發表於《金門日報》副刊

林中飛車

——記加拿大魁北克省 Gatineau National Park

當寶山揭開了她的春闈
我們是門外久候的知更鳥
騎著越野腳踏車狂奔入林

我們拋開色與香的誘惑
爬上至高點後
　　　　俯

　　　　　　　衝
那是飛鷹的感覺嗎
翼在燃燒
眼之劍光射向唯一的獵物
那是流星的感覺嗎
身心失速
耳邊響著的是風的小碎步

我們張開雙翼
長蹼的腳掌像風車

不停的繞啊轉地像天上流雲
請告訴我
那是風的感覺嗎
當無人能及
我們追逐的笑聲
請告訴我
滿山翻飛的林葉是不是
笑聲的收集者
正譜著笑之交響曲
啊　為人生高歌
我們嘶啞的狂吼
這裡不必怕千層回音穿腦

而我將不再慨嘆時間的無情
因為時間給了我永恆的合家歡
在這百花齊放的河邊
在這風吼的山林

二〇〇八年五月十三日作
二〇〇八年八月二日發表於《台灣新聞報》西子灣副刊

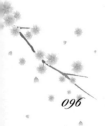

與你散步落花林中

露營

膩在碧草微波的香浪底
膩在墨綠小河甜美的渦紋裡
膩在雲影石垛的小花蕾旁
膩在斜輝裡垂釣
釣出一籠星斗大又亮

記得第一次搭篷小住
滿山雷雨
每道閃電都怒放地劃過夜空
使我們一次又一次緊緊相擁
感謝造物完美的安排
夢裡我們始終聽見同一首
森林變奏曲

多少次無憂漫步
大大小小鞋印追逐河灘
任松濤楓葉按摩肌膚
學那草原放鬆地任風梳理

而我的幸福更不只是如此
更是我始終擁有的專寵——
傾聽你們的鼾聲
若山裡徐徐的風
此起彼落地敲響夜的鑼鼓

二〇〇八年五月十八日作
二〇〇九年一月十二日發表於《金門日報》副刊

與你散步落花林中

溜馬樂

　　夏日輕輕摺下綠的窗簾，我的小馬在森林的懷裡，載著我慵慵懶懶地踱步。牠和我一起仰望懸崖，崖上，蒼鷹正悠悠滑翔；崖下，小土撥鼠失去戒心地鑽進鑽出。

　　這炎炎的午後，地球彷彿停止運轉。路兩旁，野百合站著打盹，雲也安靜地睡著。只有我的小馬叮叮噹噹，叮叮噹噹地踏著塵土；只有我的耳語嘟嘟噥噥，嘟嘟噥噥地癢著牠的小耳朵。我說著花園裡蜻蜓、蝴蝶的小事兒，牠睜著大眼，若有所悟地點頭、搖頭；牠搖尾擺臀，像是在和著我哼唱的小曲；牠嘶嘶地對我訴說牠的感覺：多麼平靜呵，好一趟綠野仙蹤。

　　樹葉是風的耳朵，也湊興傾聽；滿地斑駁的樹影，這裡那裡，跳著、閃著踢踏舞。我穿過森林，躺在草原的背上，任風按摩。

　　啊，我握著韁繩繼續搖搖擺擺，多希望握著的是那未知的命運，我可以自在的來去。

二○○八年五月二十日作

二○○九年三月十一日發表於《更生日報》副刊

叛逆

——給叛逆期的兒女

陽光投射的時候
我看見筷子歪了
玻璃杯裡的水分子
從不聽陽光的指揮
硬要折射出它的心境

於是抓魚的我總是撲空
海市蜃樓一直在騙我
你一直在我的藍圖中
尋找屬於你的坐標
我一直在哈哈鏡前幽默自己

唉　我的小山羊成年了
他需要一把自己的刮鬍刀

二〇〇八年五月二十一日作
二〇〇九年一月四日發表於《中華日報》副刊

與你散步落花林中

處罰

心情下起黑雨的時候
就像是你隨意塗鴉的潑墨山水畫

你說爬屋頂沒甚麼錯
戲弄別人只是為了好玩
大人的社會為甚麼那麼計較
於是你的話語又將一幅殘山剩水
用指尖扯破

若閃電不時雷劈世界為了尋樂
抓住火餤為了刺激
孩子　悲劇常成於無心
你橫掃的不是我的盛怒
是我無處遁逃的憂心

你說你恨我
因為媽媽不會不給飯吃
巫婆才會

孩子　我微溼的眼睫你看到了嗎
只有媽媽會陪孩子跪到天亮
巫婆不會

二〇〇八年五月二十一日作
二〇〇九年一月十四日修訂
二〇〇九年三月二十九日發表於《金門日報》副刊

二月三十日

我們將要再一次移民
移民月球

浩瀚的太空與海洋一樣藍澈
曾經我帶著幼小的你
跨過整片太平洋
在大西洋岸邊有了小小的巢
我以為我不會再流浪
但你要帶著年老的我
星航到更遠的世界

我說：「孩子，我不走了！」
這句話好像爺爺奶奶都說過

我說我要回到那個被世界遺棄的小島
我要回到我出生的海岸邊
重新打拼重新過著數貝殼的童年
你會在雷達上看見我的身影

在月球上你要告訴那些宇宙代表
我們的海島是有名有姓的
並在雷達上指出我墓碑的座標
告訴他們你從小島來
有一天也要回到小島掃墓想我

某年的二月三十日
在地球打了幾個瞌睡之後
我們將要分道揚鑣

孩子　記得在宇宙星圖間
為我們的海島留個位置
並且刻上她的專有名詞
隨便你刻上甚麼都可以
只要她有名有姓

二〇〇八年六月十二日作

二〇〇八年九月十五日發表於《臺灣詩學論壇》七號

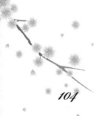

　與你散步落花林中

山居

──記美國紐約州 Catskill Mountain

該是大雪朦朧的十二月天
這兒的滑雪道卻是褐溜溜的泥土地
你挾著一身滑雪裝備
冷冷地問著雪的蹤跡
我說：我不是來滑雪的
我來　因為這裡靠月亮很近

月亮很近星星很近泉水很近
泉水咕嚕地引我們來到這溪邊
溪中圓石是時間浸潤過的島
島上我們是不慌不忙的蝸牛
遺忘生活的重量　不計較速度
我來　因為這裡靠你很近

手機電腦電視紛紛睡覺去吧
星光乳液一樣的流過全身
月光眼霜一樣的揉過疲憊的眼

在溪邊我們竊聽水波的雷達

雷達探得明天大雪的消息

你喲喝的把月亮高高舉起

二〇〇八年八月十八日作

二〇〇八年八月二十六日發表於《臺灣新聞報》西子灣副刊

與你散步落花林中

十顆流星

就在這兒狩獵吧　睜亮雙眼
學習沙灘上的夜鳥　凝定波心
為了那偶然的動靜
我們撲翅驚喜
是誰又射下了星斗一顆
閃在你眸底下的箭光嗎
還是我的願力所及

那試圖逃逸的　蘆葦叢下
不出一聲　那試圖逃逸的星星啊
已然擱淺在我暗佈的羅網裡
而我們是那收網的漁夫
總在記憶晶亮的籠子裡　欣然數著
那晚我們一起躺在沙灘上
捕獲的十顆流星

而每一顆都是夜神的打火石
點亮你我的心室
劃向金光閃爍的時間之海

二〇〇八年九月一日作於彼得保羅市Emily national park
二〇〇九年三月十三日發表於《國語日報》少年文藝版

與你散步落花林中

觀錄影帶有感

你的聲音影像回來探望我
在電源開啟的剎那
你的歌聲笑影化作海潮
不斷撲向我已暮年的心堤
日裡播著夜裡放著
襯著你的　那些七彩的微塵
銀幕前　化作我眼中點點歸雁
掠過晚秋思念的湖面

那浸著往事的酒已斟滿我的心房了
海洋還在那兒不斷地重複一首無調的歌

二〇〇九年一月二十七日作
二〇〇九年四月七日修訂
二〇〇九年六月三日發表於北美《世界日報》副刊

帳簿

為情積蓄
為愛揮霍
每個數字都精打細算
紀錄著刷卡前的躊躇
為情流連
為愛買單
每個數字都心甘情願
紀錄著刷卡前的自焚

只為買妳嫣然一笑
只為買你少年英挺
每個數字都是駱駝蹄印
在永恆的絲路之旅中
反芻親情
為愛烙記

二〇〇九年一月二十八日作
二〇〇九年五月十七日發表於《金門日報》副刊

別急著長大

今晨我的主駕駛換人了
換上她　昔日嬌嫩的小花朵
繫著安全帶　調撥後視鏡
她回頭說：「妳忘了繫安全帶！」
她幼年的時候　我常說的一句話

唉　小女孩回過頭來
別急著長大　等等我

她梳著芭比的頭髮
她說：「妳看妳又玩髒了手！」
她仰著蜜一樣的小臉回頭問我：
「媽咪　我還要多久才能當媽媽？」
她幼年的時候　常說的一句話

唉　小女孩回過頭來
別急著長大　等等我

雪踮著腳尖在車窗上跳舞
雨刷勤快的替她亮出前程
我握拳喊著：「慢點兒慢慢來！」
她回頭說：「妳又來了！」
她幼年的時候　我常說的一句話

唉　小女孩回過頭來
別急著長大　等等我

她躲進我的棉被窩裡
她穿著我的高跟鞋
每晚她都要一個晚安頰吻
她說：「甚麼時候我可以開車了？」
她幼年的時候　常說的一句話

唉　小女孩回過頭來
別急著長大　等等我

二〇〇九年二月五日作

二〇〇九年四月十日發表於《金門日報》副刊

與你散步落花林中

赴宴

領著畢業證書　你是圓心
希望是半徑　跳過彩虹
趕赴大學之盛宴
你小小的圓越滾越大
你將在大學的草坪上踢著夢想
擊中門第
喲呵
我再不能喊你小親親了
我再不能握著你的小手
寫著歪歪斜斜的愛
你的圓蓋過了我
你的影長過了我

撥開葉叢
一隻蝴蝶掙出蛹袋飛向藍天
為趕一場人生之盛宴
越飛越遠

在鶯飛草長的春日裡

頭也不回

二〇〇九年三月一日作

二〇〇九年五月十七日發表於《金門日報》副刊

與你散步落花林中

歲末

聖誕紅綻放在雪正緩緩飄下的窗前
我起身研磨咖啡豆
豆濃　仍如上次你來相聚的味道
我讀著你喜愛的那本小說
它是你　無所不在
我讀引你發笑的章節會心地微笑
它是你　在空曠的屋裡惹起回音

聖誕紅綻放在雪正緩緩飄下的窗前
紅綠相間　飽滿的枝葉體態豐盈
想你該回來了　我習慣多泡一盞
等你　在聖誕紅了又紅的歲末

我想起你蹬著腳踏車飛奔而來
喘息的兩頰像緋紅的聖誕紅
我牽你走過幼年的小巷　雪正飄著
在那兒你認識了聖誕紅並且換上大鞋

年年我把許給你的承諾堆在聖誕樹下
你打開那張小說翻拍的新上映的電影票
大雪中飛奔而去　我透窗望著
聽見你和同伴在戲院裡吃爆米花尖叫

（那本小說滑落在搖椅下，我好像又瞌睡了）

聖誕紅綻放在雪正緩緩飄下的窗前
我替你穿上雪衣雪鞋雪褲替你拉著雪橇
你滑下山坡　遠的只像小豆點
然後你笑著拿著枴杖糖向我飛奔而來

回來　每個聖誕節的傍晚
窗前雪又緩緩飄下
壁爐火溫熱的叩喚著冷冷的空氣
你又穿著小紅襪
年年綻放在聖誕紅了又紅的歲末

二〇〇九年十二月一日作
二〇一〇年二月五日發表於《金門日報》副刊

與你散步落花林中

所謂母親

我用青春織成錦被
夜夜呵暖你們冷冷小腳
我願是一枚書籤
夾在你們生命的扉頁中
陪你們根深茁壯
我會夜夜哼著催眠曲
拍撫熟睡之後
偶爾的顫動
而只有你們沉沉的鼾聲
是疲憊的母親
入睡的許可證

所謂母親　也曾靈秀脫俗
所謂母親　也曾不讓鬚眉
這些這些都不再比你們重要
你們的笑容是勞眍的母親
入睡的搖籃

一九九四年五月二十四日於中和
二〇〇九年三月二十九日發表於《金門日報》副刊

輯二

畫眉

是否

你看見山澗水凍成白冰

靜止的躺在岩壁上

等待融化嗎

你告訴我時間是否也靜止

壁鐘是否不再報時

是否我仍是二十歲

長髮寫詩柔情萬丈

是否你仍是年輕挺拔

日日守在電話亭下為我說故事

等待迎親的好兒郎

二〇〇六年六月十五日於多倫多北約克

二〇〇七年七月於《秋水》詩刊第134期

火山島

——記一九九四年美國夏威夷州之旅

與你同跳草裙舞　咚咚咚咚
頸頰上的蘭花是朵朵笑靨
掉落在你的肚皮上畫圈

恐龍灣裡的魚群　不忌人影
棕櫚樹下穿著比基尼裝的美人
放縱地橫躺　不諳人語

我與你驅車同赴火山口
火山熔岩冒出你不輕易說的那三個字
誓言用白色珊瑚石冶煉

愛不要長跑　要瞬間抓住
因為錯過的芬芳如潑出去的水
永不再回頭

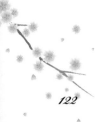

122　與你散步落花林中

我與你同遊這珍珠島　咚咚咚咚
咚咚咚咚　椰子樹為你我寫證詞
化做滿天星斗

二〇〇七年六月五日於多倫多北約克
二〇〇八年十一月十五日發表於發表於《葡萄園》詩刊180期

紀念日

今晨我又梳落了幾縷白髮

天上流雲

是笑我又無法逃過時間的雕刻刀嗎

二隻飛雁倏地拍翅滑過

十里江湖任他們遨遊

週而復始的南飛北還啊

年年寫在雲端比翼雙飛

結褵的故事一讀再讀

婚宴後的燭火忽明忽暗的閃在牆角巨照裡

紀錄片中迎娶的車陣是如許的浩蕩啊

念念不忘是那個花滿枝椏的四月清晨

日正當中

你在那忙碌的會議廳中

記得轉身望望那牆上日期

起來想想那個遙遠的昨天

否則美麗的日子終將流水般的逝去

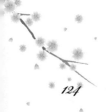

與你散步落花林中

面具

雪溶以後　草香流過我們的窗台
你沒聽見那滔滔水聲嗎
記憶從土壤裡掙出芽了
像一隻熊貓　一隻你少年情贈我的
比木棉還軟的　圓滿豐熟的愛呵
為何細瘦地搖晃在門縫中

入夜以後　星光瀉進我們的陽台
你沒看見那點點銀河嗎
路燈從黑夜中醒過來了
像一根煙　一根你中年寄情的春秋
比夜霧更惱人的　吞雲吐霧的你呵
為何總徜徉在銀幕電腦前

假裝看不見我　面具下忍得住心疼嗎
很久以來　我知道
你知道我假裝不在乎你的冷酷
當麵包與報紙取代了溫柔

當多情的手被刺傷時
玫瑰花還美麗嗎

天亮以前　月光透過我們的窗紗
你聽見那光井中流逝的青春嗎
曇花拐走時間時間拐走月華
躡手躡腳的紫藤已開滿前院
你還要在那兒坐多久呀
不要讓沉默淹溺這小樓　唉唉

二〇〇七年十月十二日作
二〇〇八年十月十五日發表於《秋水》詩刊第139期

　與你散步落花林中

日記

那時你記載著
瀑布在傘後形成背景
你牽著我繞過滑石
天地的聖壇下我說我願意

日記從此用留白寫滿原諒與爭執
曾經豐盈而今乾癟的流年
將我們的縷縷白髮夾入日記
試圖成為箋注　在失憶的亡命之旅中
擊出電光石火的瞬間

就這樣風猛翻著日記
臉上刻滿如斷掌般的宿命
你我相剋且相依了一生

那時你記載著
雨聲在傘外形成間奏
如歌的行板中預告著爾後

我無法逃脫　用血脈羅織

卻以反白完成的

愛恨輪迴

二〇〇七年十月十二日作

二〇〇九年五月四日發表於《更生日報》副刊

相守

1.
就像兩人三腳一樣
我們必須綁在一起
練習默契　比鴛鴦更華麗地
涉過江湖

2.
你的笑聲我一直用心收集著
好在深冷的黑夜裡
為你清唱　比藍鳥更宛轉的
戀戀搖鈴

3.
從沒有忘記茉莉的馨香
在你替我蓋上毛毯的暮年時光
我們一起傾聽　比溪水更動聽的
青春潺湲

4.

我在院前修剪玫瑰

看著你從曬滿月光的小徑上歸來

我們的影子　比飛燕更俊美地

合而為一

二〇〇七年十月十二日作

二〇〇八年十一月二日修訂

二〇〇八年十一月二十六日發表於《人間福報》副刊

與你散步落花林中

金絲雀

遠處山巒飄忽著少女的情緒
若隱若現的笑容
依然豢養那些隨光暈流轉的羽翼
那些微笑著生長的葦類
還在晨霧的柔情中酣睡
而我必須遺忘山巒顏色流水聲音
只為住進你親手打造的籠裡

如果我必須　必須隱姓埋名
才能專心為你歌唱
如果愛情必須以這種面貌活著
我懷疑年輕時的赤燄還能燃燒多久
我已然開始懷念森林的千影千蝶
我輕輕的顫音逐漸瘖啞
我思念那些空山新雨後的哨音
於是一個月圓夜裡你打開籠子
我在開滿荷花的湖面上頻頻回首

然而為什麼依舊迷失
清晨薄霧間我又飛回窗前的籠裡
整整一生我掙扎在森林與你之間
原來愛過之後舊有的終究無法還原
我只能來來回回在捨與不捨之間
唱著一首無怨的歌

二〇〇七年十月十九日作
二〇〇九年三月四日發表於《金門日報》副刊

與你散步落花林中

冷戰

我將自己擲入不再流動的冰河
血液凝結不再呼吸
卻在你咳嗽的剎那間
奮力游回

我將自己封入千年刀鞘內
不再過問柴米油鹽不再心動
卻在你撲向火餤時
不自主的出鞘做羹湯

你將自己埋入熱鬧的臺灣選情裡
假裝不在乎我的冷漠
卻在我切到手指的驚叫聲中
彈回彈藥庫

愛原來是一匹狂野的獸
你無法駕馭

二〇〇八年二月五日作
二〇〇八年三月十五日發表於美洲《臺灣日報》阿里山園地

出差

1.

頭也不回　你拎著公事包
邁出門檻　只在搜尋不著
口袋裡的車鑰匙時
你會急急回頭
然後在翻箱倒櫃間呼喚我

2.

電話鈴響　半夜被涼如水
熟悉的聲音帶點倦意
你總長話短說
氣象預報員般簡短
「明天大雪　開車時轉彎慢些」

3.

或者太多　　或者太少
婚後的花香如吃飯睡覺般無味
卻如呼吸般存在
你缺席時
分外撲鼻

4.

熟悉的腳步聲伴著開門關門的節奏
你額頭上的皺紋好像又深了點
沒有回應我
只遞上一份升遷通知
並狼吞的吃完一桌剛熱好的菜餚

二〇〇八年二月六日作
二〇〇八年三月十六日發表於美洲《臺灣日報》阿里山

與你散步落花林中

三月微風柔細帶些薄冰
你聽林裡小鳥哨音如此從容
不急不緩引伴呼朋
樹枝剛冒新綠　雪已溶
愛人　花苞卉影
今夜你陪我散步嗎

四月柔風吻頰帶些清冷
你看池裡天鵝倒影重重
逐東逐西兩相戲弄
蛙聲一片　月已昇
愛人　花開正紅
今夜你陪我漫遊嗎

五月涼風拂背帶些薰夢
你說窗外蘋果花又枯萎凋零
花蕊朵朵盤旋心驚
晚雲斜逝　雨已停

愛人　花瓣滿庭
今夜我陪你散步落花林中

與你散步落花林中
晚風陣陣我們彳亍行
倥偬此生　你我已不復年輕
愛人　俯拾老景
我卻依舊喜歡在這落花林中
十六歲少女般的隨你馳騁

二〇〇八年二月十日作
二〇〇八年五月十八日發表於美洲《臺灣日報》阿里山園地

冰湖一隅

　　冰刀鞋撩亂地劃過湖面，驚醒了湖底下熟睡的精靈，我聽見他們隱隱呻吟。有愛侶奔馳而過，遺落的朵朵輕笑，是冬日裡綻放的薔薇。

　　湖面上，我搓手縮頭，踽踽獨行。茫茫中，有一對老人家手挽手跛行而來。看他風乾的面皮和她凹陷的雙眼，該有八十華齡吧或者更多。看他輕吹她眼眸裡的細沙，看她撿起毛呢帽為他緩緩扣上，看他們正攜手經過。我急忙拿出速記本，素描此情此景。多想將此情此景製成壓花，贈給他們，告訴他們：「那未曾凋零的愛含在花魂裡，失憶之後亦會循香而回。」

　　他們回頭向我招手，我微笑的飛吻他們。一不留神，我的速記本掉落的詩句，隨冰塵揚起。我看見林中裹著冰袍的樹枝啊，有熱淚滴落！

　　遺落在冰原上的豈只是今日的跫音，更是此情此景長於永恆！

二〇〇八年二月十七日作
二〇〇八年九月十八日發表於《人間福報》副刊

與你散步落花林中

從來不曾

——關切是問，而有時，關切，是，不問
（敻虹‧記得）

你從來都不曾為我採擷鮮花
你只是買座花園給我
好讓我忙碌的孵育善感的花花草草

你從來都不曾為我寬解哀愁
你只是關起房門還我一片靜土
好讓我切切的數完珍珠般的眼淚

你從來都不曾為我的白髮擔憂
你只是收起屋內所有的鏡子
好讓我看不見日益滄桑的自己

你好像生來就知道缺月自會盈滿
從來就知道無名火會自然熄滅
而我會草草地結束憂傷

二〇〇八年三月十一日作

二〇一〇年五月一日發表於《明道文藝》第410期

有一句話

有一句話　你要我仔細聽好
因為說完　將不會再說第二次
因為男兒有淚不輕彈有愛不輕言
那句話　吐到舌尖又吞回

而那句話啊　星空裡長嘯
回音顫顫地劃過無言的江湖
那時我一定是喝醉了
不然怎會沒聽清楚就嫣然點頭
而後終此一生糾纏你
究竟說過那句話沒有

二〇〇八年三月十二日作
二〇〇九年四月十五日發表於《秋水》詩刊141期

與你散步落花林中

讀你

風翻閱水　一頁又一頁
風想知道它為何皺著眉

風凌波來回鑽進水裡變成魚
用鰭翻頁　用鰓思考
仍然不解水的心事

變成風的魚水面上聽見
變成魚的風吐著氣泡對水說：
「我如何知你？若你選擇隱匿」

水以低沉的嗓音嚕嚕回答：
「我如何不老？若你選擇來回弄潮」

二○○八年三月十八日作
二○○八年十二月二十九日修訂
二○○九年四月七日發表於《馬祖日報》鄉土文學版

電話亭

之一

風雨關在外頭
透明的電話亭裡撥接第六感
循著電流　你的血液隨著聲音
躡手躡腳爬進我耳朵
細語敲著窗櫺
比梅雨更黏膩地滲進心靈

之二

沒有第三者
透明的電話亭比水晶球更透明
撥接手機　巡著聲音的足印走來
晶晶亮亮　亮亮晶晶
隔著水晶望你　你望水晶
我在水晶球外等你

與你散步落花林中

之三

聲音捲回我們的韶華
高八度或低八度都不重要
只想在易逝的青春裡潛泳
風清月白　白月清風
隔著電話想你　你想問我
亭外　風逐雲誰贏

二〇〇八年三月二十日作
二〇〇九年一月六日修訂
二〇〇九年四月一日發表於《明道文藝》第397期

醒

百合又將破土而出
那被冰雪禁錮的小草又將茵茵
只你我依舊冬眠
依舊慵懶地蜷曲在彼此懷裡
就著彼此的體溫
我們又活過一個冬天

當春天的馨香觸醒你
你以千吻撫摸我的夢境
我們是樹間彈跳的松鼠
在彼此的影子裡慢慢醒來

二〇〇八年四月七日作
二〇〇八年七月二十九日發表於北美《世界日報》副刊

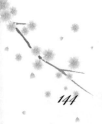

與你散步落花林中

冷泉

冷泉溪旁
那些綠石還依偎著
昨日光影
河床爭著起霧
如遭貶謫的雲朵池裡穿梭

岸邊那棵老樹身上背負許多誓言
春來水流成潭朝朝暮暮
將每對愛侶泡煮成
一支支白珊瑚
在緣生與緣滅之間

我從你的夢裡回來
兩鬢已經花白
冷泉溪旁
飛逝而過的是風
一直探問你的心
是否如初

那答案在我頰間流轉

冰涼了夏天

潤溼了秋分

冬日淺嚐

竟是一陣老酒入喉的熱

二○○八年四月八日作
二○○八年十二月二十七日發表於《更生日報》副刊

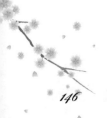

遇

如果你我是陌生人
像兩艘遊艇錯肩而過
那因而激起的漣波必會喟嘆
而風也嘆息魚也嘆息鳥也嘆息
為了你我又再次看不見彼此

如果在那個秋末冬初懶洋洋的午后
你我沒有回頭　你我的眼光不會相遇
每一個傍晚就不會在這兒推窗等你
就不會在這兒替你縫補袖間留下的傷口
為你升起炊煙　殫盡一生風華

二〇〇八年四月十六日作
二〇〇八年九月十五日發表於《創世紀》詩刊第156期

櫻花細語

你會來看我　我知道
當露珠敷著我微燙的臉頰
我知道你會來端詳我
像凝注著鏡中的你自己

我會為你綻放每一朵可能
可知每一絲緋紅都是血的撇捺
而我從不覺伸展筋骨的酸
為你芭蕾舞中我恆踮著腳尖等待

我會在天鵝優雅的吸住你時
窸窣細語　你會聽見我的心跳
你會撿起我擲落的一瓣靈犀
急急回頭喚我的乳名

我知道
你會抬來三月的花轎

與你散步落花林中

將我朵朵蹦跳的心花收拾走

眾生中　我仍是你的最愛

二〇〇八年四月二十八日於大多倫多區烈治文山市

二〇〇八年八月一日發表於美國加州《新大陸》詩刊107期

謊言

想留住你給我的甜言蜜語
於是風乾它　製成乾癟的花束
並且插在裝滿謊言的青瓷瓶裡
從此你不必再澆水
因為謊言滋潤著搖搖欲墜的耳鑽

而我又是多麼無辜地等在
你總是視若無睹的路旁
期待你的另一個謊言
好讓我在保存期限內
享受著初戀的滋味

二〇〇八年五月二十日作
二〇〇八年九月十五日發表於《創世紀》詩刊第156期

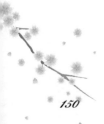

享受

請不要關上那盞燈若你醒來
請替我留住床前明月星辰
溫暖光輝中不要喚醒我
我聽見你悄悄下床下樓
羽毛一樣輕的腳步聲像霧走過

我聽見木蘭花掉落的聲音了
似燈泡熄滅春天正在消失
翻翻身感覺你厚實的掌拍撫我
卻看見空谷中那群幽蘭
你階前撐傘等我從花香間走向你
那真是你嗎那麼年輕的你
月光中小立等我蛻變走向你

而我始終看不清我的臉
聽不見年輕的你說些甚麼
那真是同一輪明月嗎
轉轉身卻看見暮年的你搖我起來
刺眼的光芒中你說日上三竿啦

嗯嗯　其實我早醒了

我只是賴著光暈賴著時間賴著你

享受縱容

二〇〇八年六月八日作

二〇〇八年十月一日發表於美國加州《新大陸》詩刊108期

　與你散步落花林中

心靈之河

讓我的心靈之河流經你
稀釋孤獨　寬心濯足
請仔細檢視小小鵝卵石
為你鑄造的詩句躺在那裡
久經風霜卻未曾消失
請仔細檢視它的小小紋路

讓我的心靈之河流經你
打撈音符　僅取一瓢而飲
請靜坐傾聽小小川流水
為你譜寫的情歌回音繞林
成風成哨在你耳際圍繞
請仔細傾聽它的切切呼喚

當月光漫步窗櫺
當寂靜悄然爬經你長繭的心靈
請讓我的心靈之河流經你
遠古的夢隨桐花飄落

翻飛一地的是醒來的思念
花漾河面請僅取一瓣而走

讓我的心靈之河激盪你
在多年之後的某個深夜
風風雨雨已停歇
只有我的影子印照河面
對你細細訴說　雖多年漂零
心靈之河依舊甘甜如故

二○○八年六月二十六日作
二○○八年七月三十一日《台灣新聞報》西子灣副刊

與你散步落花林中

鏡裡鏡外

之一

洗手台前
鏡裡矗著一座伊甸園
你慣常刮著鬍子　自電波潛入
春天你顧惜的紫丁香吐納芬芳
夏天你趕著夢奔跑
秋天你收成思想的果子釀成酒
冬天你品嚐色香俱濃的夢呵你飲著花茶
那兒你的愛人和你一樣永不老去
你欲飲往事美酒
卻在急急的敲門聲中
炯炯的眼神　鏡前泯滅

之二

雜事堆滿的抽屜裡
有一面魔鏡可以潛入自己
可以褪盡虛假的絲襪
黃昏漫步沙灘般地跨入煙雲
彩霞是鏡前拭紙
裸著的心正在舒張
海風正在收斂　海鷗正在回巢
今生所有的逢迎如白日正在消失
妳欲琴棋書畫
卻在柴米油鹽的吆喝聲中
熠熠的光圈　鏡前碎裂

二〇〇八年十月二十八日作
二〇〇九年六月十六日發表於《更生日報》副刊

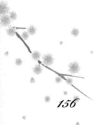

與你散步落花林中

夜未央

夜　已披上鑲滿露珠的藍披風了
露濕窗櫺
滴滴滑落自曇花唇瓣

夜　已淅淅瀝瀝淌下淚水了
騎樓上轉圈圈的水漣
微弱地發佈溺斃訊號

夜　狂奔於濕漉漉心田
小巷磨坊將夜研磨成濃黑的霧
一直地蔓延　一直一直地空轉

雨中夜裡　夢裡夢外
我一直地迷路　一直地
撥不開霧帳

夜　風聲鶴唳踏巷而來
小調笛音忽斷忽續
一直重複地奏著我們相戀的歌

二〇〇八年十二月二十一日作
二〇〇九年十二月十一日發表於《馬祖日報》鄉土文學版

與你散步落花林中

愛情物語

之一　巧克力

甜蜜如吻
一口接一口
把夜給嚼盡了
小心消化不良

之二　光纖

奔放的電流
傳輸下載妾意郎心
海角天涯你儂我儂
好個快遞紅娘

之三　戒指

兩個圓圈　終其一生
追求合而為一的靈犀
為了尋找彼此的圓心
毫不猶豫的飲下毒鴆
在彼此的指腹間復活

之四　蚌

不斷的包容風沙
再回頭
蚌的一生
把最豐盈的給他
隨海潮而逝的殼
只想再回頭
再看看他一眼

二○○九年一月十八日作
二○○九年六月三日發表於《馬祖日報》鄉土文學版

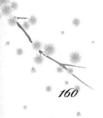

幸福

半夜醒來　從回到小樓的夢裡醒來
新生街的黃昏　我抱著孩子等你
攪動夜的不是雲影浮掠的月光
而是你歸來的踏步聲

晚餐已經準備好了
天空脫去瑰麗的外衣
換上黑絲睡袍
我們逗笑剛學說話的孩子
秒針追著分針走
沒有察覺的我只記得
平淡是幸福　絢爛也是

你仍然平穩的睡著　只鼾聲更厚了
月光蓋滿庭院　窗外的街亮如白練
我起來喝茶　擲入茶捲
等往事泡開原形
秒針追著分針走

沒有察覺的我忽然明白

平淡　原來比絢爛更幸福

二○○九年四月七日發表於《馬祖日報》鄉土文學版

火舞

木頭底層是誰留下火種
微風拂來　有光痕在蔭裡游
有光痕在蔭裡隱隱約約
山風拂過　一朵小火燄
乾柴下醒來　剎那豔紅

火舞影凌亂　絢爛的翼紛飛
盛開的花　把夜燒紅
把眸底羞澀的青春燒紅
把欲言又止的松林燒紅
夢在蛇舞　花要自焚
轟轟然爆裂的是那熾熱的心
而燒開的夢烙印星空
那深藏的思念奔放如火

像彩虹弓著一身華服
隱逝於潮水的驚訝聲中
盛開的火燄斂眉退去

灰燼拂髮　拂肩　拂過山月
拂過額際　拂過無語的容顏
而我被燙過的心整夜顫抖
點著寂寞　永夜燒不盡

二〇〇九年一月二十四日作
二〇〇九年九月九日修訂
二〇〇九年十一月十四日發表於《世界日報》副刊

與你散步落花林中

婚姻進行曲

自從進入婚姻這座城
自從領了市民身分證之後
人們已漸漸不習慣
輕聲細語說著肉麻的字眼

愛在一成不變的日曆中嘆氣
愛在蛛網糾纏的秀髮間梳成死結
愛在滿牆的帳單裡不再風流倜儻
蓄意挑釁：你荷包蛋煎太熟了
製造事端：你用了我的牙刷
婚姻的罰單漫天飛揚
人們鬧哄哄的只想罷免丘比特市長

丘比特無辜的搖搖頭
他說這不是他的錯　要怪就怪
那些羅曼蒂克的詩人
否則人們怎會暈頭轉向
以致中了他的箭

詩人也無辜的搖搖頭
他說這不是他的錯
要怪就怪
婚姻中獨木橋太多
詩人說他寫詩時
沒想過生活這回事

自從進入婚姻這座城
人們已漸漸不守交通規則
漸漸粗枝大葉漸漸不再擁抱
在喇叭爭鳴的十字路口間
忽然看見猙獰的自己正撲向至愛
一場爭執之後
在愛的車禍現場
狂喊著至愛的名字

二〇〇九年二月四日作
二〇〇九年十月二十九日發表於《金門日報》副刊

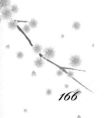

與你散步落花林中

陪我走一生

陪我走一程舊時山水的路
路盡頭所有稻禾花菜仰臉微笑
祝福你我相依存

陪我走一段長長的夜街
街後所有霓虹聲光退在遠方
不會驚擾你我相攜的心

各在一方　兩心茫茫
是甚麼樣的輪迴
將你投入我的途中
芬郁燦爛的花四散飛舞
是甚麼樣的宿命
將兩朵流浪的雲繫牢
相愛不再是一場偶然
熱情不再是一陣龍捲風
我知道你會陪我走一生

陪我飲一罈好淡好淡的酒
沾酒題詩　冬末春初
我們將有串芬芳的日子

陪我走一截斑駁的石梯
竹葉青青　茶香素素
每一幅遠景都柔蜜

一九八八年三月二十七日定婚之日於故鄉竹南
二〇〇八年四月十七日結婚二十周年定稿
二〇〇九年五月二十八日發表於《金門日報》副刊

與你散步落花林中

新婚二首

之一

今晨甦醒在彼此眸底
陽光以發燙的手
撥開窗簾
你含淚的笑是把鑰匙
開啟夢了許久的未來

之二

總在黃昏以後
陸續回到這小樓
粗茶淡飯也罷
豐盛菜餚也好
你總津津有味
吃著談著一天見聞
泡盞清茶吧　或是濃郁咖啡

廝守原是那麼美麗而平凡
總在你酣睡之後依舊醒著
靜靜回味
相愛原是那麼甜蜜而簡單

一九八八年四月三十日初稿於台北新莊
二○○八年四月十七日結婚二十周年定稿
二○○九年七月十五日發表於《金門日報》副刊

與你散步落花林中

輯三
月是故鄉明

回國

我們將要從天而降
捻一束星花捧在懷裡
要送給倚著欄杆
迎我歸來的雙親

飛機馱著無窮的愛俯衝而下
衝破雲霧
往事在夜空裡閃著火花
越來越近
請替思念扣好安全帶
我們將要落地
慎防眼淚潰堤

台灣到了
我真的回來了嗎
不斷蠕動的回憶拳擊腦殼
台灣到了
兒女喊著　興奮揮舞

彼時　他們要外公外婆不要變老
而他們竟偷偷的長大
然後家鄉變模糊了家鄉成了旅店
記憶隧道裡有紛亂的影子向我奔來

到免稅商店小坐一會吧
生別離久重逢
此時機場裡的親情該有多擁擠啊
且整理一下記憶的時差
且梳回昔日馬尾巴髮式
唉唉　就是不敢大踏步地跨回過去

時間漩渦裡有昨日的夢奮力泅回
熟悉的聲音
箭一樣的穿過耳膜
異國遊子模糊的瞳孔中
父母戴著老花眼鏡華髮相迎

二〇〇六年台北的夏天
兒女讀著雪都之外地球彼岸的經緯

與你散步落花林中

興奮的說　明年我還要回來

外公外婆可不要再老了喔

二〇〇六年八月十五日於加拿大多倫多北約克

二〇〇八年八月三日發表於《台灣新聞報》西子灣副刊

竹南老家

昨晚我又夢見
那已被踩平築成馬路的舊家
父親還在那兒開著電器行
母親還在屋後修剪楊桃樹
我在那梨樹上捕著金龜子
菜園裡抓著蟲流著鼻涕的小野人

為了打發那鬧鐘步如蝸牛的深夜
我給父母撥了電話
父親談著股票　母親弄著孫輩們
忽然他們問起地球彼岸當是子夜正濃
我只能倉皇的說夜裡不擠線好說話

而後　我的眼睛仍睜得大大的
中港溪的水聲好像響自屋後
母親好像在廚房炒著客家米粉

與你散步落花林中

清晨　我在香香的夢裡醒來
好似飽餐了一頓卻饑腸轆轆

　　　　　　　二〇〇七年十二月十五日發表於《笠》詩刊262期

夢的震央

又夢見那半夜裡的地震
仍然慌張的穿了那隻經常夢到的木屐
隨著弟弟的奶香隨著您衝到戶外撞見月亮
那晚月亮隨時會砸下來如大街上的招牌
我看見弟妹在您的臂彎肩背肚子裡
還有我扯著您的裙角喊著正在關瓦斯的父親

母親　您的膝蓋還痛嗎
我喜歡您邊哄我的孩子邊口述我幼年的模樣
我喜歡我的孩子在您懷裡熟睡的笑容
彷彿那是襁褓中的我咿咿呀呀
母親　夏天的湖面綠如翡翠
您會來施肥澆水
用海風的客家鄉音輕細的咀嚼記憶
陪我一起收割少年時瞞著您的故事嗎

父親　您是否遵照醫生的囑咐按時吃藥
記得您教我騎腳踏車的那些晨昏

與你散步落花林中

您扶著椅座追著我的速度跑
腳踏車背後的影子就此植入腦海
父親　秋天就像股市崩盤了
葉子已沙沙地落入谷底
您要來這裡
等待一季以後嫩芽的翻盤嗎

您們守著我一起陣痛
先後生下的兩個孩子
一個長成英俊的男人
一個已經已經亭亭玉立
雖多年不見卻依然渴望您們的擁抱
遠方的樹影又在寒風中搖晃
雪絲蛇一樣地滑進屋裡
什麼時候您們會來
呵暖這讓雪花包裹的心

母親　今夜我又夢見那次地震
夢見震央深處　我們緊緊相守
夢見您溫暖的臂彎
緊緊圈著倉皇的兒女
我們靜靜數著彼此的心跳

靜靜等待死亡的霧氣飄離

母親　春天又在微風裡震震盪盪

您們來我院裡播種

替我搖醒土壤裡的精靈嗎

二〇〇七年十月二十六日作

二〇〇九年一月十一日修訂

二〇〇九年十一月二日發表於《人間福報》副刊

蚵仔煎

蚵仔煎　加水和蕃薯粉成勾芡
蛋液加菜七分熟　蚵仔煎
味噌蕃茄醬辣醬甜
混些水來撒把糖
再注醬油膏成汁液
又Q又黏的蚵仔香
讓臺灣夜市的熱鬧渡海來

渡海來　原汁原味原鄉情
原鄉情　燃燒雪夜成黎明
成黎明　夢裡不知家鄉遠
家鄉遠　夢裡親人渡海來

飄香味　台北夜市蚵仔煎
煎來一碟再來一碟　蚵仔軟
禱告的親人　焚香廟前
要我好好保護自己不要總浪蕩
只是時差太重　不能多扛

遊子的心　郵票早已貼上
渡海去

二〇〇八年二月六日作
二〇〇八年六月十五日發表於《笠》詩刊265期

　與你散步落花林中

海外的舊曆年

冷冷清清　清清小巷彎向月亮居處
三三兩兩　兩兩車聲劃破寂靜
叮叮鈴鈴　鈴鈴電話帶來友人祝福
同是天涯轉秋蓬
只能在記憶的後院放鞭炮

或者　驅車到華人市集湊湊鄉音吧
那兒同色魚群正划拳吐著泡泡
只有月亮知道
在這聖誕服飾已然入櫃的雪夜裡
是誰在那兒張燈結綵圍爐品茗
爭下母國大選前夕的那隻將軍棋

二〇〇八年二月九日作
二〇〇八年六月十五日發表於《笠》詩刊265期

風箏的詠嘆調

山海庇佑我們的島
浪濤卷卷　家在機翼底下模糊了
當濃雲吞噬我們
遠方國際換日線使我們回到昨日

為了汲取雲心的祕密扮成蝴蝶
少年時總想甩脫身後那條線
任風加持　探訪落日畫坊
追啊追　盼大雁認同我們是同類
盼從此躲過電線桿的夾擊
盼有日降落在金色湖岸

而我們就真的降落在金色湖岸
一直餵著從不飽足的鴿群
在牠們的搶奪間找尋樂趣
在破冰船的鑿痕裡
欣賞凍僵的魚

與你散步落花林中

在海鷗爭食熱狗的同時
同情著故鄉的流浪貓狗
我們忘記自己只是一面風箏
卻在競技賽場不斷爭寵
曾經熱愛蕭邦以為自己就是蕭邦
滿世紀的雷雨為了我們下個不停
卻驚覺如果沒有風　我們甚麼都不是

於是我們慌亂的開始打包
卻發現多年來漂白的結果輝煌
氣候機會習慣使我們變成四不像
有人逼迫下一代習寫書法
卻在跳樓的脅迫間掩面哭泣
原來真正不認同的是我們自己
我們可以躲過電線桿的夾擊
卻躲不過分裂的自己

像一群逆流迴溯的鮭魚
在來來回回衝突間疲憊不堪
我們像中箭逃逸的山羊
只好在同鄉宴會上任性狂飲

深怕在地雷禁區裡誤觸往日情懷
我們投下第一張選票
卻仍不在乎選舉結果

語言文化宗教膚色是一道道牆
跨越之後卻已年邁
當孩童提著花籃前來聽故事
養老院的草坪上我們靜靜細訴
才知在兩個不同的空間穿梭一生
僅留下讓孩童著迷不已的記事繩結
唯　每個繩結均繫著豐富見聞與感激

感激人生舞台上有幸分飾兩角
感激那絲纏擾那條線始終緊緊尾隨
幼年時一直想糊張至美的風箏
長大後卻意外地糊自己成風箏
而故鄉親人啊　成了風箏的主人
久久地就要收收線　自海的另一端

二○○八年二月十二日作
二○○八年十二月十八日修訂
二○○九年十二月十日發表於《金門日報》副刊

與你散步落花林中

感恩節

深秋裡超市傳來烤火雞的香味
回鄉團聚的車潮
高速公路上趕著千里的夜路
為一場傳承的家宴
從十七世紀到二十一世紀
五月花號的流浪與相遇[1]
在瓶瓶啤酒的泡沫裡由衷感謝

蔬菜麵包粒填滿的火雞大餐正上桌
家家戶戶杯光酒影
讓我們拿起刀叉學習感恩
片片的火雞肉中咀嚼這北國的風味
這風味與北京板鴨如許迥異啊
不知為何　我始終想著那年
一鴨三吃的九層塔肉香[2]

二〇〇八年三月九日作

二〇〇八年十二月十五日於發表於《笠》詩刊268期

---

[1] 1620年，英國第一批移民，乘五月花號登入美洲土地，並在當地印地安人
的協助下，得以安身立命。
[2] 九層塔乃香料植物。臺灣人常用之拌炒鴨肉或海鮮。

魔鏡

走入機艙
我們的生活又將兩樣
八月輕颱颱來了童年的記憶
停電的晚上
笑聲怎麼關也關不住
為什麼話題總留在過往呢
如果你能隨我飛翔
一起追逐白雲藍天
星宴底　一起乾杯闊笑

（花香如何比喻？雪花如何秤量？
　如果你能陪我走一回，不就不用解釋了？）

是的　我走過許多路　你聽來陌生
春天時路邊開滿鬱金香
鴿子雁子如何橫行霸道整個夏天
而秋天時我如何打理袋袋紅葉
如何保養草地如何抖落一身雪花

與你散步落花林中

當然　我也走過許多路　你聽來危險
雪地裡車子如何失速滑轉
面對藍眼睛的老闆如何兢兢業業
失業潮中如何防止憂鬱鬼上身
以及如何躲避槍聲

（這些這些，如何在網絡視訊前，像運作水晶
　球般向您展示？）

而網絡視訊竟是我尋了一生的魔鏡
想您的時候打開電腦
魔鏡啊魔鏡
請出現我最想念的人
——您呵呵笑的走來

二〇〇八年三月十日作
二〇〇八年八月三十日修訂
二〇〇九年五月二日發表於《金門日報》副刊

七彩的童年

除夕的夜晚　紅包裡的幸運數字
是橙色的太陽下崗後
姊弟妹私議的跨年話題

黃毛小雞如何變鳳凰
是菜園裡抓著綠斑鳳蝶的幼蟲後
姊弟妹搶閱的參考書

藍色海洋有沒有盡頭
海螺裡的回音來自何方
沙灘上踩亂的足印是不是外星密碼

整個童年幻想靚童是自己
能透視金龜子羽翼上書寫的紫微斗數
並讓姊弟妹獲取能量快快發芽長大

二〇〇八年三月十八日作
二〇〇九年一月十八日發表於《馬祖日報》鄉土文學版

父親的日記

航行的深夜
海洋將萬千話語點成星空

船艙裡有人不眠
就著一盞小燈
書寫愛妻的輕喟
您等我出世　等待除役
等待是一扇門
輕輕推開
是每個團圓黃昏

月總慈愛地晒乾鹹濕的淚
您咬牙等待日曆翻頁一頁又一頁
像浪濤不斷雕刻石岸
您寫著　在疾雨狂風中
您記著　在料峭清晨裡
綿密字跡沿著夢滑進草原
我們追逐
懷孕的母親在陽光中望著我們

（啊　等待是一扇門　讓您的歌聲響亮

　升降旗的敬禮間　您氣吞山河）

九條好漢的軍歌呼嘯過大海

立正　稍息　答數

為了打發漫長日子

壯士磨劍　摹擬前線

一唱再唱的餘音裡

您總是想著天外陸地

雨聲掘起兒時記憶

分離使重逢時雙手握得更緊

緊緊地握著筆桿

趁著每一個月色

您寫下厚厚一本海上日記

五十年前日記是金鎖

五十年前思念是把鑰匙

進去了海與天溶於一色的湛藍

每一個星座都載著海洋最深的渴念

每一道堤岸都刻著未來的夢

二〇〇八年三月十八日作

二〇〇八年十二月二十一日修訂

二〇一〇年一月一日發表於《大海洋》詩刊第80期

母親的裁縫車

母親的裁縫車為愛滾邊
兩腳踩啊踩地為愛添薪
一頭烏亮黑髮甩在背後
她正為我的鵝黃洋裝鑲鈕釦
好讓我抓住所有的鏡頭

母親的裁縫車要剪裁藍天
她要為我的牛仔褲貼上彩雲
好讓我驕傲地跨步
弓背一生　滿頭白髮攏成的圓髻
她正為我的鄉愁密密紮紮地繡上消息

二〇〇八年三月二十日作
二〇〇八年十月三日發表於《世界日報》副刊

獅頭山夜語

那是座風化了的巨獅
是禪　以梵音
是蟬　用腹語
是修竹細訴
合唱山林

濃蔭環抱　古道領往天廳
紫陽門前石獅子恪尊職守
輔天宮外清月出嶺
廊外　有人在吁嘆
引起桐花應聲而落

青石板路　落葉輕撩空寂
風無心　是紅燈籠的倒影
溪流裡兀自零亂
勸化堂傳來木魚綿綿
篤篤叩叩　敲亂心室的多執

與你散步落花林中

水簾洞外妳徘徊了多久
夢裡夢外螢火來去
始終等不到他提燈來相尋
佛門重鎮前　參不透的是
壁上石刻的「印心是佛」

望月亭前松鼠互擲毬果
界碑前　新竹又苗栗
跳過來跳過去
一線之隔　一念之間
前世與今生互擰糾結

遠方靈塔暗示著生有涯命有岸
他來　花裡葉裡光裡
他走　風裡雲裡霧裡
終妳一生回味初遇的怦然心跳
終妳一生尋找波瀾壯闊後的寧靜
終妳一生在回憶間恍惚夢囈
而他終究不屬於妳
妳終究要放手不要追
不要追　任蝶兒舞於林間　不要追
不要追　任星墜山湖　妳不要追

幽深的九天玄女洞裡　我們仰臉
是新生的夢　用燭影寫在牆上
是方向　是菩薩箴言　是妳
未來的妳回來探望眉鎖的妳
是妳　多年而後　是妳舉頭望明月
猛然發現他已在記憶之外
明日　明日　今日癡它日憐
滿山野草虔心膜拜
為妳上香似插在路旁
請俯拾這山林間的星月小語

請在這山岩石洞間聆聽
是禪　以梵音
是蟬　用腹語
是巨獅　就暮鼓晨鐘告訴妳
是緣滅　不要追　讓他走

二〇〇八年三月三十一日作
二〇〇九年七月二十七日修訂
二〇〇九年八月十八日發表於《中華日報》副刊

後記：獅頭山地跨苗栗縣與新竹縣，為我童、少年時經常郊遊踏青之地。海外夢遊多
　　　次。一直夢見自己仍是清湯掛麵的青青子衿之時；一直夢見少時遊伴，雖然許多臉
　　　孔、名字都不記得了，但依迴的青山綠水，長伴我心。

　與你散步落花林中

辭親漁人碼頭

——記2006年返國，與父母、大弟同遊

光影裡我們俯拾
別後雲雲湧湧的細節
無法停轉的話題重複彼時
我無法參加的家宴總總

風急天高　遠處波濤滾滾
別來老榕樹的虯髯更長
正與我徒生的白髮糾結
我貪婪的聚焦拍攝
好將親情裱褙
好溫暖冰冷的牆

郵輪拉近了落日與遊客
新栽的行道樹向人依依
遊艇忙著奔向海洋
燈塔依舊慈愛的對著歸船招手

您拄著拐杖　彎腰為我撿選海鮮
漁市場中您的背影最美
多像一個兒時黃昏
我倚門等待　您買條大魚歸來

餐桌上您忙著為我挾菜
剃骨去皮猶不忘我少時嬌性
這回換我留住上品給您
您依舊說最香嫩的是骨邊肉
上品依舊挾給孫輩　靜靜望著
就這樣靜靜望著　大海靜靜的流
山高水長　我靜靜聽您細數家珍
如果時間能靜靜留住　如果

我想著那樹枝下垂的楊桃樹
楊桃樹旁瓜藤枝葉綿長
您挑水澆菜趕雞入籠
我想著您領我抓蝦摸蛤
我想著您總誆稱電視尚未修好
讓客人一等再等
只為了讓我多看幾天布袋戲
我想著聯考前您只擔憂我的健康

與你散步落花林中

啊　鷗鳥飛過遠山
窗外金粉已撒遍大江
陽關三疊唱徹千千遍
也無法揮別這岸邊的踟躕

然而就像漁船終會靠岸
我終會航向您
就像冷冽海水
終會帶來擊岸的高潮
我們終能擊掌驚呼
在穿越時間迷宮後
依舊尋回彼此

因此請相信無論身在何處
我們始終望著同一幅夕照
讓我輕鬆的與你握別
思念在天涯
與金陽共舞

二○○八年四月三日作
二○○八年十二月二十四日修訂
二○○九年十一月四日發表於《馬祖日報》鄉土文學版

埔心牧場

——記2006年返國，
　　攜子女與大弟及其兒女同遊

一場颱風雨踏熄暑熱

我們被關在草屋下學習畫牛

俄羅斯來的雜耍團隔篷賣力演出

斜雨中　咚咚響著牛羊都不熟悉的樂調

這個世界你來我往

彼此為了彼此的陌生而新奇著

就像你的孩子努力學ＡＢＣ

而我的孩子卻為了學ㄅㄆㄇ

互相吃力的模仿

我驚訝於我的孩子喜歡喝泡沫紅茶

喜歡西門町喜歡夜市喜歡高樓大廈

是否自幼遺失的知覺幡然搖醒

是否血液中原本有一張航圖

遲早要駛回故鄉的海邊

那種陌生而又血脈相連的矛盾

與你散步落花林中

就像馳騁北方的馬兒正在這兒困惑的嚼著草
想著哪一個我才是我呀

一場颱風雨後我們烤肉也烤著話匣子
我說我住的地方好山好水好寂寞
你說你蝸居的島人多車多好擁擠
我們聳肩而笑了

二〇〇八年四月九日作
二〇〇八年十二月十五日於發表於《笠》詩刊268期

北卡行

——訪旅居美國的大妹及美籍義大利裔妹婿

車奔馳多久了
群山甚麼時候會讓開
會讓開一條小徑
路盡頭有妳正在畫畫等我
有妳正在素描昨天流逝的雲昨天流逝的風
有妳正在撥手機給我

車行一天一夜穿過兩場暴雨
一天一夜兩千公里長征
正懷疑路有沒有盡頭
抬眼看見妳的貓躺在畫架邊等我不出一聲
等我這一個耳熟能詳的陌生人前來叩門

整個晚上我們說著夢話
說著童年說著前日前年
妳的夫婿微笑著盤腿在旁
微笑著點頭倒茶猜測

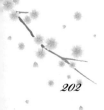

微笑著等我們切換語言

好讓他不必費神想像

他微笑著說明妳的貓如何與鸚鵡爭寵

妳的貓不出一聲繞著我們爬上廚櫃他在傾聽

妳的夫婿他在傾聽

傾聽他所陌生而又心儀的東方

等我們切換語言好讓他明白

明白我給他帶來的粽子

究竟包了些甚麼樣的文明

究竟攬了些甚麼樣的神話

妳的菜園

妳菜園後的青山綠水時常流進我心

時常流進我心

妳菜園後的牛群正走來

意態闌珊的搖尾拍臀問我北方雪停了嗎

我吃著妳栽種的空心菜和手製的義大利麵

複習著故鄉的陽光

羅織著故鄉的閒話

為了我們下次的重逢埋下伏筆寫生

二〇〇九年六月十五日發表於《創世紀》詩刊159期

就要下山崗

> ——記紐約州不同時分的Adirondack Mountain，
> 兼贈山崗下旅居City of Troy的小叔夫婦。

跨進大山　　我們聽著

山巒細語　河流的心速七十

盤旋的蒼鷹啊　不要急著覓食

豔豔麗麗的春花正邀舞探戈

且裁藍天為禮服雲朵為手帕

在這香香的舞池裡

擊著花鼓　尋找心中的畫眉

追著夕陽　我們就要下山崗

跨進大山　　我們嗅著

山巒嗆鼻　河流噴出的香水潺潺

調皮的河狸呀　不必忙著築壩

嫩嫩綠綠的樹葉正疊著羅漢

且吹飽帳篷　焚山月與星光

在這古木參天的展覽廳裡

縱車穿越　吹著遊唱詩人的哨音

山崗下　有一對夫婦正在倚門等待

與你散步落花林中

跨進大山　我們嚐著
山巒豐收　泡製紅葉的河水甘甜
南飛的大雁唷　不必準時整隊
紅紅火火的樹林正召開演唱會
且摘紅葉為樂器　嗶嗶地撩起翅聲
在這多彩的音樂會裡
張開順風耳　聆聽上一世紀的情話
等待日落　山崗下有炊煙裊裊

跨進大山　我們望著
山巒素顏　河流薄冰靜靜的泊
惺忪的松鼠呵　不要匆忙闔眼
黑黑深深的樹洞裡有毬果簇簇
且編織雪花為羊毛白衣
在這彎彎的幽徑裡
小停趺坐　別管它風雪的預報
裊裊紅塵　久別重逢的饗宴就要開鑼

二〇〇八年四月十四日作
二〇〇九年五月八日修訂
二〇〇九年十月十四日發表於《金門日報》副刊

問

——寫給傳說中的外公，兼贈罹癌而逝的外婆。

那是藍的黃的紅的青的光點
光點聚聚散散海上游盪
那是方的圓的三角的菱形的窗框
您捉著火苗
在車窗裡轉來轉去做甚麼

火車遭人縱火了
為了救人　您晚了幾秒跳車
讓你救起的人趕來報喪
那年母親九歲
火光是唯一記憶
您留下的孤兒寡母
生生世世轉圈圈

火光是唯一記憶
故事一再傳述
一再傳述那也許是誤報

與你散步落花林中

那等待
母親從小孩等成少女等成少婦
想問您的問題年年摺成燈船
在七月十五的黃昏一問再問
一問再問
終於沒有疑問
不想再問

又是中元月圓日
光點聚聚散散
燈遇風　風遇浪
您一生的明滅圈圈轉

二〇〇八年四月十五日作
二〇〇九年六月二十三日發表於《馬祖日報》鄉土文學版

我還記得

躲在暗房　沖洗記憶
鑷子夾起的是濕漉漉的黃昏
我們在河邊抓蝦
我還記得　您的鬓髮夜般稠黑
炒蝦的香味裊裊濃濃
我們在您背後嚥著口水叫餓
一搶而盡　總是杯盤狼藉
我始終忘了問
媽咪　您真的吃過了嗎

沖洗記憶　發黃的相紙
我還記得　您潛著星光勾毛衣
把日勾成月　把月勾成年
我始終忘了問
媽咪　您真的睡過了嗎

您將我們的童年拉拔成壯年
在我們一個個嫁娶之後

與你散步落花林中

我始終忘了問
媽咪　您真的沒哭嗎

歲月已經漂白了您油亮的黑髮
照顧孫輩　依舊千腸掛肚
這一次　我沒忘記
媽咪　您真的不累嗎

二〇〇八年五月一日作
二〇〇八年五月十七日發表於美洲《臺灣日報》阿里山

梨花落

一條嶄新的公路蜿蜒而去
柏油還黑亮
紅綠燈搶著眨眼
人們歡喜鑼鼓響
千車千眼飆上路
沒有人理會他們正踩著我的住址
都市計畫的怪手下
老梨樹被砍倒
老家被推平
我慣常淋立的一樹梨花雪哪裡去了
我抓金龜子比賽的童年哪裡去了

街燈一盞盞亮起來
車鳴替代了蟋蟀青蛙的合唱
驚醒了回來探望的我

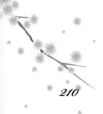

與你散步落花林中

麻雀越飛越遠

找不到昔日簷前

二〇〇八年七月二十一日於多倫多 Burnhamthorpe C.I.

二〇〇八年十月二十三日修訂

二〇〇八年十二月十八日《馬祖日報》鄉土文學版

腳踏車之戀

情節　電光石火般閃現
像噴泉　使遲暮的荷塘又撐起春意

曾經你載我突圍
悠遊享受圓圈外的未知
曾經我的蓬蓬長袖像機翼
風吹漲了肌膚
我汽球一樣地飄向彩虹
曾經你將我發射升空
風裡雨裡　享受叛逆的滋味

你是駿馬　你是飛機
你是馭夢的車夫

曾經我和你流星似的摔入稻田
綠色的海洋裡　你是飛龍
馱著滿身泥濘的
我呀　吹著靛色的泡泡

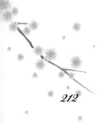

與你散步落花林中

曾經你背負著淘氣的我
躲避野狗的追擊
明裡暗裡　踏出晚霞滿天飛

直到偷車賊偷走黃昏偷走你
夢沒有再回來　童年也沒有

二〇〇八年九月二十三日作
二〇〇九年三月十五日發表於《馬祖日報》鄉土文學版

伴親烘爐地

烘烘黃袍醒出山屏風的綠
爐香裊裊　搔癢著天空的耳朵
土裡掙出的嫩芽　好奇的張望
地上鞋履聲　吃力的喘息
公認的靈驗　引來人潮不分日夜

大人攜小孩　孩兒伴爹娘
錢門口　你得爬五百石階
換來廟中廟的運氣
小徑旁　筆筒樹的曲芽不斷問著
錢在哪裡　蟬兒也一直嘟嚷

保護色灰黃掠影的雙線刺蛾
平穩地趴在葉兒臉上
安靜聽風唱著搖籃曲
賺得遊客好欽慕
大大的元寶閃著赤燄　香爐裡
錢潮處　你我載沉載浮

與你散步落花林中

摸不清股市動向的散戶
元氣大傷地訴說心事
寶華金砌的浮生夢
日煩月惱　只盼土地爺顯顯靈
日日長紅日日慶豐年
好為乾涸的庫房傾注一池雨露

摸清天機信徒最愛
鬍髯飛翹　掬著笑容的土地爺
鬢白銀亮　拄著枴杖點閱山水
求您庇蔭春風榮顯
長使牡丹滿庭開
壽果壽桃層疊著滿腔的盼

摸得上上籤滿足離去的信徒啊
枴杖鎮山　倒底圓了多少繁華夢
杖著暮色　何不飲茶下棋
權貴叱吒暫放兩旁
位於此花葉婆娑的亭裡　且不理
富庶山下人影喧嘩
貴人忘事最是幸福
忌談世間事　只管趕車捉將

摸得彩霞隨我歸

頭盞路燈照亮長巷　且掏清煩惱

背上空空　我們攜手下山崗

二〇〇八年十二月三十一日作

二〇〇九年七月十八日發表於《中華日報》副刊

後記：台北縣中和市烘爐地南山福德宮，創建於清乾隆20年（西元1736年），距今已
約有260年的歷史。手中元寶已被信徒摸得閃亮，據說摸著元寶誠心祈求，相當
靈驗。今以土地公手上的醒語「烘爐土地公，大錢換小錢，保平安賺大錢，摸
元寶日日好，摸鬍鬚求長壽，摸枴杖權位富貴，忌摸頭背。」為藏頭詩一首。

與你散步落花林中

腳印

飛來迎接　影子掃過煙塵
一起徒步返家　腳印洩露心跡
交換秘密　替我舔完午餐盒
帶你　趁著天色寶藍
翡翠湖邊我們抓魚去

你涉水奔跑的樣子最英氣
嗅嗅尋尋　撿來許多小私藏
記得洗淨泥濘
不然只好說是你帶頭
芒花叢裡捉螳螂我們把童年揮霍盡
我們在風吹草動間跳著追著天黑了

夜裡豎耳環伺　眼如火
風雨飛簷走壁都會喚醒你
有人厲聲對我們　你怒目低吼
哇　真是我們的保鑣
腳印點點　你故意留下記憶嗎

那天你不在半路上等候
弟弟拔腿衝回家
來不及探究竟　風景龜裂
腳印絕蹤　蝶影蛾痕都失去色味

勾個小秘密
告訴我們天堂的路徑
游過深冷的銀河
我們跟你去會會天帝
記得留下腳印
不然我們會滯留夢裡
你血肉模糊的慘狀我們不想記住
可不要又來入夢
我們怕鬼

二〇〇九年一月十五日作

二〇〇九年三月十六日發表於《金門日報》副刊

與你散步落花林中

草原有夢

他搖擺自己成大海
麋鹿奔騰似桅船驚濤駭浪
露珠悸動　蝶亦狂舞

他睡自己成星空
流逝的螢火銀河閃爍
芒花夜空裡孵著淚光

他藏自己於白紗之內
窺見滿丘陵的小水仙
白花黃心搖探戈
搖出一對佳侶正相愛

雨來踢踏草背
風來旋跳眉間
他伸展自己成舞臺
請菊花來獻唱
卻聽見一隻孤飛的雁

不斷的在夢的灰燼裡
撥動自己

他與霜雪共眠的時候
又夢見自己是大海
麋鹿奔騰似桅船驚濤駭浪

二〇〇九年一月二十二日作
二〇〇九年四月三十日發表於《中華日報》副刊

獨孤月

月
　孤獨
　　在天上
　　　星星很遠
　　　地上人更遠
　　　　都說眾星拱月
　　　　　一廂情願的禮讚
　　　　　說甚麼陰晴圓缺
　　　　　　我的姿勢沒變過
　　　　　　不想說話不行嗎
　　　　　　那些詭譎的藥引
　　　　　沒有耐心的傾聽
　　　　　病歷寫上憂鬱症
　　　　　一廂情願的定論
　　　　只是情懷空洞
　　　地上人好遠
　　星星更遠
　　在天上
　孤獨
月

二〇〇九年一月二十五日作
二〇〇九年四月一日發表於北美《世界日報》

詩繭

夜裡　我闖入一座叢林
藤蔓處處　處處藤蔓
我和我的詩句困在沼澤
需要我的讀者來營救

我的詩句困在沼澤裡
它啜泣的時候
眼池浮出一座雕像
那是身後百年才被出土的詩人
她說她生前只發表幾首詩[1]
她說有趣的是遊戲本身
不要在乎那些聲量和重量
詩裡的天方夜譚會繞過死亡

我把我的詩句撒在湖裡
順流而下　它會流向大海嗎
我的詩句　化做炊煙

裊裊追向彩霞　　變成顏色的混聲合唱

你喜歡嗎

詩句細雨般敲打你爬滿薆蘿的城牆

你會開窗看我嗎

當這個世界急著曝曬胴體

急著用罩杯大小來界定美醜

你還會喜歡詩嗎

雪融了　　我的詩句溶在土壤裡

變成種子　　與紫丁香一起鑽出泥土

蜜蜂過來把我們的體香一起帶走

我的詩句隨風遨遊

撒滿林間　　你還會來捕捉它嗎

我把我的詩句下葬立碑

你會來追悼嗎

我闖入一座叢林

詩句成網　　網內有繭

繭裡我和我的詩句正在突破

需要意象與聲韻昂首破胎

才能闖出這一座叢林

二〇〇九年一月二十五日作

二〇〇九年三月二十五日發表於《中華日報》副刊

¹ 指美國女詩人Emily Dickinson。

回憶

那些掌聲都收進保險櫃裡
被幽禁的呼喚沉沒深海底下
跫音奄奄屍躺日記本
回憶像遊魂
午夜之後竟集體浮出水面
本性難移　種子還在暗暗發芽

飛繞這深冷的寢宮
蜉游的回憶排山倒海
那火山情緒　地窖裡睡醒
像一瓶陳年老酒
頭籌拔得　噴溢的青春
竟獸奔狂雪起來

二〇〇九年三月三日作
二〇〇九年五月四日發表於《更生日報》副刊

賀新婚

喜帖上熊熊紅火
燒鍊
你的心她的心合而為一
我看見小巷擠滿那些熟悉的臉
迎接你挽著新娘跨火爐
母親又穿起那件寶藏的禮服
父親也打起了領帶
等你　炮竹聲中跪接幸福

喜宴上被吻醒的公主嫣紅的臉
寫滿我願意我願意我願意
我看見你笑不攏的嘴角浮燦蓮花
四面八方輻射而來的喜氣
洋洋灑灑盈溢酒杯
跳躍的陽光在喜幛裡追逐
像是你未來的子女

與你散步落花林中

我遙寄信鴿給你喃喃的祝福[1]

啾啾喈喈　夢鄉有夢

二〇〇九年三月五日作

二〇〇九年六月十一日作發表於《臺灣時報》副刊

---

[1]　小弟結婚時，我人在異國，不克返家，一直引以為憾。寫此詩以茲彌補。

祝禱

夜來了　蟋蟀唧唧的窗外
多倫多的長巷燈火昏黃
園裡手掌大的木蘭花盛著月光
忙了一日的蜜蜂已遁形
今日轉來轉去
只剩下一條身影

多年來習慣攬著電話與您談天
看不見您的皺紋
我早生的白鬢遺傳了您的善感
多少個今日變成昨日
暗夜裡　振動的音頻觸擊遠方
隔海的您　正梳著華髮
看不見我的皺紋正蔓延

您剛醒來嗎　踩著朝陽的流蘇
正打理窗台上的盆栽
而我才要入睡呢

與你散步 落花 林中

晚安

我最想最想來入夢的親人

二〇〇九年三月五日作

二〇〇九年六月十一日作發表於《臺灣時報》副刊

後記

　　這本詩集的大部分作品是在二〇〇七年十一月至二〇〇八年四月間完成初稿的。寫作期間，窗外始終是銀白的雪光。飄飄的雪，霏霏的雪，颯颯如急雨的雪，粒粒如粉圓的雪雹，總是時常的造訪我。半夜醒來，撥開窗帷，窗外始終是亮如白晝。路燈與雪光的交互反射，使得街巷美如畫冊。我時常支頤窗台，為這寧謐的雪夜所感動，寫詩的靈感因而不斷翻飛。

　　兒女的成長過程，夫妻間的情感交流，對父母親人的思念，恰恰提供我寫之不盡的素材。想想，這世間還有甚麼能比親情更恆遠流長的？一直以來，都想擺脫詩人的「多愁善感」，甚至為人詬病的「無病呻吟」。於是我費盡心思的抓住生活中的瑣瑣碎碎，試用繆思的語言去追懷生命中最美好的時光，去記錄普天之下世間兒女也曾擁有過的那分愛。這些或許太平常了，容易讓我們遺忘，但它始終存在於周遭。

　　因此這本情書，寫的不是纏綿悱惻的愛情，而是平凡無奇的親情。輯一五十首乃寫給甫入大學的兒女。從懷孕到生產，及孩子出世後的種種教養歷程，詳細記錄親子間的互動。包括自超音波中第一次聽見孩子的心跳……；輯二乃筆者寫給丈夫

的三十首情詩，馨訴夫妻間的愛嗔喜怒；輯三乃筆者旅居海外多年，寫給父母弟妹的懷鄉之作。願以此書獻給天下間的父母、為人子女、及已成或即將成為眷屬的有緣人。也希望讀者喜歡這本為人母、人妻及人女的媽媽經。

一九八二年年中，我以「詩」賦「予」我全新的視野，而取筆名「傅詩予」，開始在《文藝月刊》及《少年雜誌半月刊》發表作品。然而有二十年的時間，我缺席了，其實應該說，還沒開始就結束了詩之志業。如果有人曾經關心我這二十年間的去向，這本詩集便是最好的告白。

僅以此書獻給我的父母傅維新先生、廖雪美女士、我的公婆高蘭貴先生、鍾瑞蘭女士；感謝我的弟妹們、我的人生伴侶高子賢先生以及我們的愛兒和愛女。沒有他們，這本詩集是無從誕生的。也感謝秀威出版社黃姣潔小姐的精心編輯，更感謝名文學評論家古繼堂先生、名傳記作家傅孟麗小姐的慷慨賜序和書末傅予前輩的贈詩，這些都使得本書蓬蓽生輝。

二〇一〇年十一月十二日寫於加拿大安大略省烈治文山市

與你散步落花林中

像是一首詩

傅予

為了名字雷同而相聚,而洗塵——
筷起筷落宛如一支筆
寫在桌上盤中像是一首詩,因為
在你的名字中間,有
我踏破鐵鞋尋尋覓覓的東西

後記:

僅因筆名有相同之處,2009年7月11日在國軍英雄館玫瑰廳席開一桌,為尚未見面的加拿大歸國女詩人傅詩予而洗塵。邀請來賓有:潘皓、麥穗、向明、台客、林煥彰、紫鵑、龔華、丁文

智、辛牧、林靜助等十位貴賓作陪。因彼此在地球的另一半，天涯聚散像是一首詩。

傅予，原名傅家琛，一九三三年生於福建省。著有詩集《尋夢曲》（1955年）、《生命的樂章》（2001年文史哲出版社）、中英對照《傅予短詩選》（2004年香港銀河出版社）及《傅予詩選——螢火蟲詩集》（2009年秀威資訊科技）

與你散步落花林中

讀詩人01　PG0506

 與你散步落花林中

作　　者	傅詩予
責任編輯	黃姣潔
圖文排版	蔡瑋中
封面設計	王嵩賀

出版策劃	釀出版
製作發行	秀威資訊科技股份有限公司
	114 台北市內湖區瑞光路76巷65號1樓
	電話：+886-2-2796-3638　傳真：+886-2-2796-1377
	服務信箱：service@showwe.com.tw
	http://www.showwe.com.tw
郵政劃撥	19563868　戶名：秀威資訊科技股份有限公司
展售門市	國家書店【松江門市】
	104 台北市中山區松江路209號1樓
	電話：+886-2-2518-0207　傳真：+886-2-2518-0778
網路訂購	秀威網路書店：http://www.bodbooks.com.tw
	國家網路書店：http://www.govbooks.com.tw
法律顧問	毛國樑　律師
總 經 銷	聯合發行股份有限公司
	231新北市新店區寶橋路235巷6弄6號4F
	電話：+886-2-2917-8022　傳真：+886-2-2915-6275

出版日期	2011年03月　BOD一版
定 　價	280元

版權所有‧翻印必究（本書如有缺頁、破損或裝訂錯誤，請寄回更換）
Copyright © 2011 by Showwe Information Co., Ltd.
All Rights Reserved

Printed in Taiwan

國家圖書館出版品預行編目

與你散步落花林中 / 傅詩予著. -- 一版. -- 臺北市：釀出
版, 2011. 03
　　面；　公分. --（語言文學類；PG0506）
BOD版
ISBN　978-986-6095-01-6（平裝）

851.486　　　　　　　　　　　　　　100003111

讀 者 回 函 卡

感謝您購買本書，為提升服務品質，請填妥以下資料，將讀者回函卡直接寄回或傳真本公司，收到您的寶貴意見後，我們會收藏記錄及檢討，謝謝！
如您需要了解本公司最新出版書目、購書優惠或企劃活動，歡迎您上網查詢或下載相關資料：http:// www.showwe.com.tw

您購買的書名：_____

出生日期：_____年_____月_____日

學歷：□高中 (含) 以下　　□大專　　□研究所 (含) 以上

職業：□製造業　□金融業　□資訊業　□軍警　□傳播業　□自由業
　　　□服務業　□公務員　□教職　　□學生　□家管　□其它____

購書地點：□網路書店　□實體書店　□書展　□郵購　□贈閱　□其他
您從何得知本書的消息？

　□網路書店　□實體書店　□網路搜尋　□電子報　□書訊　□雜誌
　□傳播媒體　□親友推薦　□網站推薦　□部落格　□其他_____
您對本書的評價：(請填代號　1.非常滿意　2.滿意　3.尚可　4.再改進)

　封面設計____　版面編排____　內容____　文／譯筆____　價格____
讀完書後您覺得：

　□很有收穫　□有收穫　□收穫不多　□沒收穫

對我們的建議：_____

_____

_____

_____

請貼
郵票

11466
台北市內湖區瑞光路 76 巷 65 號 1 樓

秀威資訊科技股份有限公司 收

BOD 數位出版事業部

....

（請沿線對折寄回，謝謝！）

姓　　名：_____　年齡：_____　性別：□女　□男

郵遞區號：□□□□□

地　　址：_____

聯絡電話：(日) _____ (夜) _____

E-mail：_____